쥘 베른의 갠지스 강

작가가 사랑한 도시 03

쥘 베른의 갠지스 강

초판 1쇄 인쇄 _ 2010년 7월 1일
초판 1쇄 발행 _ 2010년 7월 10일

지은이 _ 쥘 베른 | 옮긴이 _ 이가야

펴낸이 _ 유재건
펴낸곳 _ (주)그린비출판사 | 등록번호 _ 제313-1990-32호
주소 _ 서울시 마포구 동교동 201-18 달리빌딩 2층
전화 _ 702-2717 | 팩스 _ 703-0272

ISBN 978-89-7682-112-6 04800 978-89-7682-109-6(세트)
이 도서의 국립중앙도서관 출판시도서목록(e-CIP)은 e-CIP 홈페이지
(http://www.nl.go.kr/ecip)에서 이용하실 수 있습니다.(CIP제어번호:CIP2010002358)
책값은 뒤표지에 있습니다. 잘못 만들어진 책은 서점에서 바꿔 드립니다.

그린비출판사 나를 바꾸는 책, 세상을 바꾸는 책
홈페이지 _ www.greenbee.co.kr | 전자우편 _ editor@greenbee.co.kr

쥘 베른의 갠지스 강

쥘 베른 지음, 이가야 옮김

갠지스 강!

이 강의 이름은 시처럼 아름다운 전설로 여겨지는 한편,

인도 자체를 요약해 주는 것은 아닐까?

500리유에 달하는 아주 넓은 범위에 걸쳐 흐르며,

1억 명 이상의 주민들이 사는 공간을 지나치는

웅장한 물줄기를 가진 계곡과 견줄 수 있는 것이 세상에 또 있을까?

아시아에 사람들이 출현한 이래,

이보다 더 경이로운 것들이 밀집된 곳이 지구상에 또 있을까?

—본문 중 모클레의 말

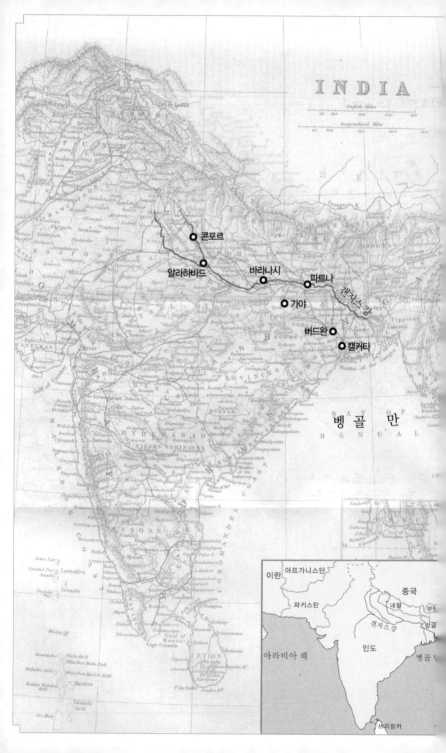

INDIA

콘포르

알라하바드

바라나시

파트나

가야

버드완

캘커타

갠지스강

벵골만
BAY OF
BENGAL

이란

아프가니스탄

파키스탄

중국

네팔

부탄

갠지스강

벵골

아라비아 해

인도

쓰리랑카

▲ 이 책의 원작 『스팀하우스』(*La Maison à vapeur*, 1879)가 출간되었을 당시의 삽화. 코끼리 모양을 한 증기기관차 집 '강철거인'의 모습을 엿볼 수 있다.

◀ 프랑스인 화가 모클레는 퇴역한 영국 군인 먼로 대령 일행을 따라 '강철거인'을 타고 가는 여행을 떠난다. 여행의 출발지는 영국 식민 지배 시절 총독 관저가 있던 캘커타. 이들은 인도의 젖줄 갠지스 강을 따라 힌두교의 주요 순례도시를 탐방한 뒤, 세포이 항쟁(1857)의 상처가 완연한 알라하바드와 칸푸르를 찾아가게 된다.

차 례

일러두기

1 이 책은 Jules Verne의 장편소설 *La Maison à vapeur*(Hetzel, 1879) 가운데 주인공 모클레와 먼로 대령 일행이 갠지스 강 유역을 여행한 부분만 발췌해 옮긴 것이다.

2 본문 이해를 돕기 위한 옮긴이 주 가운데 인명과 지명 등의 간략한 정보는 본문에 작은 글씨로 덧붙였으며, 좀더 상세한 설명이 필요한 내용은 각주로 처리하였다.

3 외국 인명이나 지명, 작품명은 2002년 국립국어원에서 펴낸 외래어표기법을 따라 표기했다.

Ganges

강철거인

5월 6일 오전, 찬다나가르^{Chandannagar}*의 캘커타** 대로에 모여든 남자들, 여자들, 아이들, 힌두교도들 그리고 영국인 행인들이 아 연실색하는 것보다 더 놀라는 모습을 나는 본 적이 없다. 솔직하 게 말해서, 이런 강렬한 놀라움은 지극히 자연스러운 것이었다.

태양이 떠오를 무렵, 인도 수도의 최악의 변두리인 이곳에서, 두 줄로 두텁게 늘어선 구경꾼들 사이로 기묘한 행렬——후글리 강을 거슬러 올라가는 이 놀라운 기계에 이름을 붙인다면——이 헤쳐 나오고 있었다.

선두에는 이 행렬의 유일한 추진체인 키 20피트, 앞뒤·좌우 폭이 30피트인 거대한 코끼리가 고요하고도 신비스럽게 나아 가고 있었다. 코끼리의 코는 반 정도 구부러져 있었으며, 하늘을 향한 코의 끝부분은 거대한 풍요의 뿔제우스의 유모인 산양신의 뿔로서

---

* 인도 제1의 항구도시 캘커타(Calcutta) 북쪽 30여 킬로미터에 소재한 도시로 프랑 스식 이름은 찬데르나고르(Chandernagore)다. 1673년 프랑스 동인도회사가 상업 거점으로 기초를 닦은 곳으로 영국과 여러 차례 분쟁 끝에 1816년 최종적으로 프 랑스령이 되었다가 인도 독립 후 인도연방에 편입되었다.
** 1690년 영국 무역상들에 의해 세워진 캘커타는 동인도회사 소재지였으며, 이 이야 기가 전개되는 시기이기도 한 1772~1912년 사이 영국령 인도의 수도였다.

풍요의 상징과 같았다. 모조품같이 생긴 두 대의 금빛 상아는 커다란 턱 밖으로 위협적으로 솟아 나와 있었다. 괴상하게 얼룩진 짙은 녹색의 몸통 위로는, 화려한 색깔의 풍성한 휘장이 펼쳐져 있었다. 금색과 은색의 투명한 꼬임으로 만들어진 커다란 달걀 모양의 끈으로 된 술 장식이 휘장 둘레에 둘려 있었다. 등에는 인도식의 둥그스름한 돔 모양으로 둘러싸인 잘 장식된 일종의 망루가 있었는데, 그 내벽엔 배 선실의 둥근 창과 비슷한 렌즈 모양의 유리가 끼워져 있었다.

이 코끼리가 끌고 가는 것은, 두 개의 거대한 객차, 혹은 가운데 부분과 테두리가 조각된 네 개의 바퀴 위에 각기 얹혀져 움직이는 방갈로와 같은 진짜 집 두 채였다. 밑부분만 볼 수 있는 바퀴는 이 거대한 운송기계의 토대를 반쯤 감춘 원기둥 속에서 움직이고 있었다. 변덕스러운 회전에 알맞게 연결된 고리는 첫번째 집을 두번째 집과 연결시키고 있었다.

아무리 힘이 세다 하더라도 어떻게 단 한 마리의 코끼리가 눈에 띄는 어떤 노력도 없이 이토록 육중한 두 구조물을 끌고 갈 수 있는 걸까? 어쨌든, 이 놀라운 동물은 그것을 하고 있었다. 커다란 다리는 전적으로 기계적인 규칙성과 함께 자동으로 들렸다 내려지고 있었고, 코끼리는 '마우'코끼리 몰이꾼의 손이나 목소리가 보이지도 들리지도 않는데도 빠른 속도로 곧장 나아갔다.

이것이 바로 먼 발치에 서 있던 구경꾼들이 놀라워했던 광경이다. 그렇지만 이 거물에게 다가간다면, 그 놀라움이 감탄으로 바뀐다는 것을 알게 된다.

그리고 무엇보다, 인도의 목신牧神인 이 거대한 코끼리의 독특한 외침을 닮은 포효가 박자를 맞춰 귀를 때렸다. 게다가 짧은 간격을 두고 하늘을 향해 솟아나 있는 코끼리 코에서는 증기가 소용돌이치며 빠져나오고 있었다.

어쨌든, 거기엔 코끼리 한 마리가 있었다! 거무죽죽한 녹색 빛을 띠는 불그스름한 가죽은 자연이 후피동물의 왕에게 베푼 튼튼한 골격을 틀림없이 덮고 있었다! 그 눈은 생명의 찬란함으로 빛나고 있었다! 또 네 다리는 움직이는 재능을 타고났다.

그렇다! 만약 어떤 구경꾼이 우연히 자신의 손을 이 거대한 동물에게 얹어 보았다면, 모든 것이 설명되었을 터이다. 이것은 놀라운 속임수일 뿐이었고, 가까이에서 볼 때조차 살아 있는 것 같은 외관을 가진, 엄청난 모조품이었던 것이다.

사실 이 코끼리는 철판으로 되어 있었고, 증기기관은 모두 코끼리의 옆구리에 숨겨져 있었다. 이 기계를 발명한 엔지니어는 도로를 따라 굴러다니는 주거공간을 약속했고, '스팀하우스' Steam House라는 그에 걸맞은 호칭을 사용했다.

첫번째 수레, 아니 첫번째 집은 먼로 대령, 호드 대위, 뱅크스, 그리고 내 거처로 쓰였다. 두번째 집에는 맥닐 중사와 원정대를 구성하는 사람들이 숙박했다.

뱅크스와 먼로 대령의 약속대로, 5월 6일 아침, 우리는 인도 반도의 북부 지역을 여행하기 위해 이 특별한 기계를 타고 출발했다.

그렇지만 이 인공의 코끼리가 무슨 소용이 있단 말인가? 꽤나 실용적인 생각을 가졌다는 영국인과 전혀 어울리지 않는 이런 환상은 어찌 된 것일까? 기관차를 네발짐승 형태로 만들어 마카담 자갈을 여러 겹으로 까는 도로 포장법 식으로 포장된 도로나 철도 레일 위를 굴러다닐 수 있도록 하는 것을 지금까지 누구도 상상한 적이 없었다!

이토록 대단한 기계를 처음 보았기 때문에, 크게 놀랄 수밖에 없었음을 고백해야겠다. 그래서 우리의 친구 뱅크스에게 왜, 그리고 어떻게 이런 기계를 만들게 되었는지에 대한 질문 공세가 이어졌다. 이 도로에서 굴러다니는 이 기관차는 그의 계획과 판단 아래 제조되었기 때문이다. 도대체 누가 그에게 강철로 된 코끼리 안에 기계 기관차를 숨긴다는 기이한 생각을 제공할 수 있었을까?

"여러분은 부탄 영주를 아십니까?" 뱅크스는 매우 진지하게 대답했다.

"내가 그를 알아요, 하지만 그는 석 달 전에 죽었으니 그보다는 알았었다고 하는 것이 맞겠군요." 호드 대위가 대답했다.

"사실, 부탄 영주는 그냥 살아 있기만 했던 게 아니었습니다.

달리 말하자면 그는 다른 사람들과 너무도 다른 방식으로 살았었죠." 엔지니어가 대답했다. "그는 어떤 분야건 간에 허영과 상상이라면 모두 좋아했죠. 제가 그의 머릿속에 떠올렸던 모든 것을 말할 필요는 없겠지요. 그 영주라면 자신이 상상하는 모든 걸 말하고 싶었겠지만요. 그의 두뇌는 불가능한 것을 너무 많이 상상해 둔해졌고, 그의 마르지 않던 주머니는 불가능한 상상을 모두 실현시킴으로써 거덜이 났습니다. 예전에 그는 인도에서 부자가 된 다른 유럽 사람들처럼 부유했었죠. 그의 금고는 10만 루피라는 거금으로 넘쳐났거든요. 그는 절대 고생을 해서 돈을 모은 적이 없는지라 다른 백만장자들에 비해 조금 일반적이지 않은 방법으로 돈을 썼던 겁니다. 어쨌든, 어느 날 그에게 아이디어 하나가 떠올랐는데, 곧이어 잠을 이룰 수도 없을 정도로 그 생각에 몰두했답니다. 만약 솔로몬 왕이 증기기관을 알았더라면, 솔로몬 왕 역시 자랑스럽게 여기고 또 확실하게 실현시켰을 법한 그런 아이디어였지요. 그것은 그때까지와 비교해서 완전히 새로운 방법으로 여행하는 것이었고, 어느 누구도 감히 꿈꾸지 못했던 여행 장비 일체를 갖추고 여행하는 것이었죠. 부탄 영주는 저를 알고 있었기 때문에, 저를 그의 궁전으로 불러 자신의 여행 기계를 손수 그려 보여 주었답니다. 아! 만약 제가 영주의 제안에 폭소를 터뜨렸을 거라고 생각한다면 오산입니다. 저는 이런 놀라운 아이디어가 힌두교 군주의 두뇌에서 자연스럽게 나올 수 있다는 점을 너무도 잘 이해할 수 있었고, 제 낭만적인 고객과 저 자신을 만족시킨다는 전제 하에 가능한 한 빨리 그 기계를 완성하겠다는 욕망에 가득 차게 되었습니다. 진지한 엔지니어에게 이런 환상에 접근해서, 『요한계시록』의 동물들이나 『천일야화』 속에나 무수히 나올 창조물에 자신만의 방법으로 새로운 동물을 덧붙일 기회가 항상 오는 것은 아니기 때문이죠. 요컨대 영주의 몽상은 실현 가능했다는 말입니다. 여러분은 인간이 기계를 이용해서 하는 것, 할 수 있는 것, 그리고 하게 될 모든 것을 알고 있습니다.

저는 작업에 착수했고, 도로를 굴러다니는 기관차의 보일러, 기계장치, 석탄과 물을 실은 차, 그리고 다른 모든 부속품들을 코끼리 모습을 한 강철 덮개 속에 감추는 데 도달했답니다. 마디가 있는 코끼리 코는 필요에 따라 위로 올리거나 밑으로 내릴 수 있으며 굴뚝 역할을 합니다. 회전운동을 왕복운동으로 바꾸는 편심회전장치가 있는 기계 바퀴에는 코끼리 다리를 연결시켰죠. 그리고 두 눈에는 등대의 렌즈처럼 두 줄기의 전깃불이 나오도록 해서, 인공 코끼리를 완성시켰습니다. 그렇다고 해서 이 발명이 충동적인 것은 아니었습니다. 한 번에 해결되지 않았던 여러 극복하기 힘든 문제점들이 발견됐기 때문이죠. 저는 거대한 장난감이라고도 할 법한 이 기관차 때문에 밤을 꽤나 새웠고, 그 결과 제 작업실에서 안절부절 못하면서도 자신의 인생에서 가장 만족스러운 시간을 보냈던 부탄 영주는 조립공의 마지막 망치소리가 울리고 코끼리가 들판을 가로질러 달리기 전에 세상을 떠났습니다. 불운의 영주는 결국 자신의 굴러다니는 집을 타 볼 시간을 얻지 못했던 겁니다! 하지만 상상력이 부족했던 그의 상속인들은 두려움과 미신 때문에 이 기계를 미치광이의 소산으로 여겼죠. 그들은 보잘것없는 가격으로라도 그것을 하루 빨리 팔고 싶어 했고, 대령님을 대신해서 제가 사게 된 거죠. 제가 여러분에게 대답해 드렸으니, 이제 어떻게 그리고 왜 우리가 300킬로그램이나 나가는 코끼리 80마리 대신, 80마력의 코끼리 증기기관을 세상에서 유일하게 조종하게 되었는지 아셨으리라 생각됩니다!"

"브라보! 뱅크스, 브라보!" 호드 대위가 외쳤다. "엔지니어의 거장이자, 예술가이며 철과 강철의 시인인 뱅크스는 너무도 훌륭한 일을 해냈습니다!"

"죽은 영주의 기계 일체를 산 저는 코끼리를 부서뜨린다거나 증기기관을 원래 형태에서 변형시킬 용기가 없었답니다." 뱅크스가 말했다.

"백번 천번 잘한 겁니다!" 대위가 응대했다. "우리 코끼리는 정말 훌륭합니다, 훌륭해요! 이 거대한 동물이 평야 한가운데와 힌두스탄Hindustan* 정글을 가로질러 우리를 데리고 다닌다는 것이 얼마나 놀라운 일입니까! 그것이 바로 영주의 아이디어 아니겠습니까! 그리고 우리가 이 아이디어를 유용하게 이용하는 것 아니겠습니까, 그렇게 생각하지 않으십니까, 대령님?"

먼로 대령이 미소 지었다. 대위의 말에 대해 완전히 동의한다는 의미였다. 그렇게 해서 여행이 결정되었다. 그리고 코끼리 종 중에서 유일한 종種이자 인공의 레비아탄성서 속 바다괴물이기도 한 강철 코끼리가 어떻게 해서 인도 반도의 가장 부유한 영주 가운데 한 사람의 화려한 행렬을 이끄는 대신, 네 명의 영국인이 머무는 이동식 주거공간을 끌고 갈 수밖에 없게 되었는지에 대한 이유를 알게 되었다.

그렇다면 뱅크스가 현대 과학의 완성을 능란하게 보여 준 길 위를 달리는 이 증기기관은 어떻게 배치되었을까?

바로 여기에 그 답이 있다. 보일러 몸체로 덮여 있는 실린더, 연접봉기계의 왕복운동을 회전운동으로 바꿔 주는 장치, 슬라이드 밸브증기기관의 증기를 실린더로 보내 주는 장치, 연료펌프와 같은 기계장치 전체가 네 개의 바퀴 사이에 길게 늘어져 있었던 것이다.

역화열연기관의 불꽃이 거꾸로 가는 현상가 일어나지 않도록 설계된 관으로 이뤄진 보일러는 60제곱미터의 공간을 뜨겁게 만들어 준다. 이 보일러는 철판으로 된 코끼리 몸체의 앞부분에 완전

---

* 페르시아어로 '힌두인의 땅'이라는 의미이며, 인도 북부 지역을 칭하는 말이다. 대체로 비옥하고 인구가 밀집되어 있으며 역사적으로 인도의 부와 물리적 힘의 대부분이 집중되어 인도 권력의 주요 중심지로 여겨진다.

히 들어가 있었고, 코끼리 몸체의 뒷부분은 물과 연료를 싣는 탄수차를 덮는다. 같은 기관차 위에 조립된 보일러와 탄수차는 운전사가 자유롭게 사용할 수 있도록 약간의 간격을 두고 분리되어 있다. 조종사는 동물의 몸체를 쓰러뜨리는 총알에도 견디도록 축조된 망루에 자리 잡고 있으며, 심각한 공격이 있는 경우에 그 망루 안으로 모든 사람들이 대피할 수도 있다. 한편 조종사의 시야에는 안전판과 유체 압력을 표시하는 압력계가 있다. 손으로 작동시키는 조절 장치는 증기 유입을 조절하는 슬라이드 밸브를 조작해 기계가 앞뒤로 움직이도록 유도한다. 망루에서 조종사는 대포를 쏘기 위해 낸 좁은 구멍 속에 설치된 렌즈 모양의 두꺼운 유리를 통해 눈앞에 뻗어 있는 길을 관찰할 수 있다. 또 그는 페달을 밟아 앞바퀴 각도를 조절하면서 커브를 따라 회전해 나갈 수 있다.

평평하지 않은 길 때문에 생기는 충격을 완화시키기 위해 차축에 고정시킨 강철 용수철은 보일러와 탄수차를 받친다. 내구성이 좋은 바퀴의 테에는 홈을 냈는데, 바퀴가 땅에 맞물려 미끄러지는 것을 막기 위함이다.

명목상 기계의 힘은 80마력이지만, 폭발에 대한 두려움 없이 가동한다면 150마력의 힘을 얻을 수 있다고 뱅크스는 우리에게 말했다. '필드 시스템'의 원칙 하에 결합된 이 기계는 더블 실린더가 있어서 유체의 팽창이 가변적이다. 길거리 먼지가 유입돼 기계의 각 기관을 쉽게 손상시키는 것을 막기 위해 완전히 밀폐된 박스가 모든 기계장치를 감싸고 있다. 이 기계의 가장 완벽한 점은 바로 연료를 거의 소모하지 않고 오히려 생산한다는 것이다. 그렇지만 연료의 효율은 석탄이나 나무로 가열하는 것에 비해 결코 낮지는 않았는데, 그것은 화덕의 석쇠가 모든 종류의 연료를 연소시키는 데 적합했기 때문이다. 길에서 달리는 이 증기기관의 평균 속도를 엔지니어는 시속 25킬로미터로 추정하지만, 평탄한 길에서는 40킬로미터에 육박할 수 있을 것이다. 이미 내가 말한 것과 같이 바퀴는 미끄러지지 않도록 설치돼 있는데, 그것은 휠이 땅에 맞물리는 효과에 의한 것이기도 하고, 기계의 스프링이 최고급 용수철 위에 완벽하게 설치돼 울퉁불퉁한 길을 달릴 때 차체 요동으로 발생하는 무게 불균형을 잡아내 무게를 똑같이 배분하기 때문이기도 하다. 게다가 기관차가 급정거할 수 있도록 장착된 에어브레이크는 갑작스런 정거나 부드러운 정거를 손쉽게 유도, 조절할 수 있도록 해준다.

이 기계는 경사면을 올라가는 능력에 있어서는 가히 놀라울 정도다. 뱅크스는 증기기관의 각 피스톤에서 실행되는 추진력과 무게를 비교해 최적의 결과를 얻었다. 또 놀라운 점은 이 기계가 미터당 10~12센티미터의 경사도를 가진 언덕을 쉽게 돌파한다는 것이다.

게다가 영국인들이 인도에 깐 도로는 수천 개로 늘어났으며 동시에 훌륭하기까지 하다. 그래서 이런 종류의 교통수단이 매우 적합함에 틀림없다. 인도 반도를 관통하는 저 '그레이트 트렁크 로드'에 대해서만 언급하자면, 이 길은 1,200마일, 다시 말해서 2,000킬로미터에 가까운 공간을 끊기는 일 없이 연결하고 있다.

다시 인공 코끼리가 그 뒤에 끌고 가는 스팀하우스 이야기로 돌아와 보자. 뱅크스는 먼로 대령을 대신해서 인도 대부호의 상속자들로부터 길거리를 다니는 증기기관차와 더불어 그 뒤에 매다는 객차도 샀다. 부탄 영주가 자신의 상상력과 인도 방식을 좇아 그것을 제작했을 것이라는 사실은 놀랄 만한 일이 아니다. 나는 이미 그것을 '움직이는 방갈로'라고 불렀다. 이 이름은 기차에 잘 어울렸고, 방갈로를 구성하는 두 대의 객차는 인도 건축의 경이로움도 보여 준다.

회교사원의 날카로운 첨탑이 없는 두 개의 탑이 올려진 돔 모양의 둥근 지붕을, 조각이 새겨진 벽 기둥이 받치고 있는 창문 돌출부를, 다양한 색깔의 값비싼 나무로 재단된 장식을, 전체 윤곽을 품위 있게 그리고 있는 우아한 곡선을, 그리고 두 탑에 화려하게 배치한 베란다를 상상할 수 있다니! 그렇다! 소나구르의 성스러운 언덕에서 떨어져 나온 것 같은 서로 연결된 두 탑은 코끼리 뒤에 붙어 대로를 달리게 될 것이다!

그리고 이 경이로운 여행 기계에 대한 설명을 완벽히 하기 위해서 덧붙여야 할 사항은 바로 이 기계가 물에 뜬다는 사실이다. 사실, 보일러와 기계장치가 설치된 코끼리 몸체의 하부는 가벼운 함석으로 된 배 형태로, 거기에 공기통이 있어서 부력을 확보하는 구조다. 흐르는 물이 나타나면 코끼리는 그곳으로 돌진하고, 객차가 그 뒤를 쫓으며, 연접봉을 통해 움직이는 코끼리 다리는 스팀하우스 전체를 이끌게 된다. 강은 많지만 아직도 다리를 건설하고 있는 상황의 광대한 인도 지역에서 이 점은 엄청난 장점이다.

이것이 바로 세상에 유일한 기차이며, 기상천외한 부탄 영주가 원했던 것이다. 뱅크스는 코끼리 모양의 기관차와 탑 모양의 객차라는 영주의 상상력을 존중했지만, 그 내부는 장거리 여행에 알맞도록 영국 취향으로 개조해야 한다고 믿었다. 그리고 그것은 성공적이었다.

이미 말한 것처럼 스팀하우스는 두 칸의 객차로 구성되어 있는데, 내부의 폭은 6미터 이상이었다. 그 결과 객차의 옆면은 폭 5미터의 바퀴축으로부터 비죽 튀어나와 있었다. 매우 길고 유연한 용수철 위에 설치된 객차는 잘 정비된 철길 위를 달릴 때 정도의 약한 요동만 느끼게 할 뿐이었다.

첫번째 객차는 길이가 15미터였다. 앞면에는 가벼운 장식기둥이 우아한 베란다를 받치고 있었는데, 그 베란다는 십여 명이 편안하게 서 있을 수 있는 크기다. 창문 두 개와 문 하나가 거실

쪽으로 열려 있었고, 거실 측면의 창문 두 개를 통해 빛이 환하게 들어오고 있었다. 테이블 하나와 책장이 갖추어진 거실에는 거실 폭과 같은 푹신하고 긴 의자가 있었으며, 호화로운 천으로 벽이 발려 멋있게 꾸며졌고, 두툼한 스미르나산 양탄자*가 마룻바닥을 감추고 있었다. 창문 앞에는 쇠풀로 짜인 일종의 가리개인 '타티스'가 놓여 있었고 향기 나는 물이 끊임없이 뿌려져 거실뿐 아니라 방으로 사용하는 작은 공간까지도 기분 좋은 상쾌함을 유지했다. 객차가 움직이면 동력전달 벨트가 천장에서 길게 늘어진 '펑카'천장에 매단 큰 부채를 자동으로 흔들리게 하고, 객차가 정지하면 하인들이 펑카를 흔들도록 했다. 일 년에 몇 달 동안 그늘에서조차 섭씨 45도까지 올라가는 기온에서 가능한 한 모든 수단을 동원해 대비할 필요까진 없었던 것일까?

거실 뒤편에는 베란다 문과 정면으로 마주보고 값비싼 나무로 만든 두번째 문이 열려 있었다. 문 안쪽에는 측면 창문과 천장의 반투명 유리를 통해 빛이 들어오는 식당이 있었고 여덟 명이 앉을 수 있는 테이블이 식당 한가운데를 차지하고 있었다. 하지만 우리는 네 명뿐이었고 그래서 편할 것이었다. 식당에는 화려한 은제품, 유리와 사기제품으로 가득 찬 찬장과 식기대가 갖

---

* 스미르나는 오늘날 이즈미르라 불리는 터키의 도시로, 이곳에서 수출된 양탄자는 그 품질로 유명하였다.

쳐져 있어 영국식 안락함을 보여 줬다. 깨지기 쉬운 집기들은 모두 배에서처럼 벽에 집기 모양으로 홈을 파 보관해서 무척 험한 길을 탐험해야 할 경우에도 충격을 피할 수 있도록 했다.

식당 뒤편에 있는 문은 복도로 연결되어 있었고, 복도는 지붕이 있는 뒤편 발코니로 연결되었다. 이 긴 복도는 측면에서 빛이 들어오는 방 네 개로 개조되었는데, 방마다 침대·화장실·장롱·긴 의자가 있어서 마치 대서양을 횡단하는 대형 여객선의 객실과 같았다. 왼쪽에 있는 첫번째 방은 먼로 대령이 차지했고, 오른쪽에 있는 두번째 방은 엔지니어인 뱅크스가 썼다. 호드 대위의 방은 엔지니어 방 다음으로 오른쪽에 있었고, 내 방은 먼로 대령 다음이었다.

두번째 객차는 길이가 12미터인데, 첫번째 객차와 마찬가지로 지붕이 있는 발코니가 있었으며, 발코니는 커다란 부엌을 향해 열려 있었다. 부엌에는 모든 용품들이 갖추어져 있었고, 옆으로는 식사를 준비할 수 있는 방이 두 개 있었다. 부엌은 객차의 중앙 부분에서 사각으로 넓게 펼쳐진 복도와 맞닿아 있었다. 복도 가운데에는 탐험대를 위한 두번째 식당이 있었는데 천장의 격자 창을 통해 빛이 들어왔다. 사각형 복도의 모퉁이마다 맥닐 중사, 기계공, 운전사, 그리고 먼로 대령의 당번병이 사용하는 객실이 자리하고 있었다. 그리고 그 뒤에 두 개의 객실이 또 있었는데, 그것은 요리사와 호드 대위의 당번사병이 사용했다. 또 두번째 객차에는 무기고와 얼음저장실, 짐칸 등의 다른 방들이 있었고, 뒤쪽의 지붕 덮인 발코니로 연결되어 있었다.

이와 같이 뱅크스는 스팀하우스라는 두 채의 움직이는 집을 영리하고도 편안하게 배치시켰다. 이 주거공간은 겨울에는 기계에서 제공되는 뜨거운 공기를 이용해서 난방이 된다. 거실과 식당에 설치된 작은 벽난로 두 개를 차치하고라도, 뜨거운 공기는 객실들을 순환했다. 그러므로 우리는 가혹하게 추운 계절에도 탐험에 도전할 수 있을 것이고, 티베트에서 가장 경사가 가파른 산도 오를 수 있을 것 같았다.

우리는 식량이라는 중요한 문제에 대해서도 간과하지 않았고, 탐험대 모두가 일 년간 먹을 것에 대해 생각했으며, 여러 종류의 통조림을 골라서 챙겨 갔다. 그 중에서 가장 많이 가져간 것이 삶은 소고기와 소고기 스튜, 그리고 '무르지스'의 고기파이, 또는 인도 반도에서 굉장히 많이 소비되는 닭고기 등 제일 좋은 브랜드의 고기 통조림이었다.

우유 역시 아침식사 때 부족하면 안 됐으며, 저녁식사 전에 간단하게 요기하는 '티핀'인도 고유의 오후 간식시간 때를 위한 수프도 필요했는데, 새로운 가공방법 덕택에 농축된 상태로 멀리까지 가져갈 수 있었다. 우유는 증발시킨 후에 완전히 밀폐된 박스에 넣어 걸쭉한 농도를 유지시킨다. 450그램씩 넣은 우유에 다섯 배의 물을 첨가하면 3리터가 되는 것이다. 그러면 질 좋은 일

반 우유와 성분이 동일하게 된다. 수프 역시 동일한 방법으로 저장시키고 고체로 만든 뒤, 물에 용해시키면 훌륭한 수프가 된다.

이 더운 지방에서 매우 유용한 얼음은, 액화 암모니아 가스를 기화시킴으로써 온도를 떨어뜨리는 '카레' 기계를 이용해, 아주 짧은 시간 안에 쉽게 만들 수 있었다. 게다가 암모니아의 기화나 메틸 에테르의 증발을 통해 만든 이 얼음은 뒤쪽에 있는 얼음저장고에 보관할 수 있었다. 나와 같은 프랑스인 샤를 텔리에가 고안한 방식을 적용한 이 저장고에 우리가 사냥한 것들을 무한정으로 보관할 수 있었다. 어떤 상황에서도 우리 마음대로 식량을 최상의 질로 보관하는 귀중한 수단이었던 셈이다.

마실거리와 관련해서는 저장고가 따로 마련되어 있었다. 프랑스산 와인, 다양한 종류의 맥주, 브랜디, 아라크 주쌀과 사탕수수로 빚은 독한 증류주가 저장고의 특별한 자리를 차지했으며, 기본적인 수요를 충족시킬 수 있는 충분한 양이었다.

또한 우리의 여정이 인도 반도의 인구 밀집지역에서 아주 멀리 떨어진 것은 아니라는 점을 지적해야겠다. 게다가 인도는 사막이 아니다. 어림도 없다! 돈을 아끼지 않는다면, 필요한 것뿐 아니라 필요 이상의 것 역시 얻기 쉬운 곳이 인도다. 아마도 히말라야 시작 지점인 북부 지역에서 겨울을 나게 될 때가 돼서야 우리의 일천한 재산이 축날 것이 확실하다. 그렇지만 그런 경우에도 편안한 생활을 위한 모든 욕구를 충족시키는 것은 어렵지 않을 것이다. 실용적인 사고를 하는 뱅크스는 모든 것을 예견했으며, 우리는 길 위에서 필요한 것을 공급하는 임무를 그에게 맡길 수 있었다.

요컨대, 예상하지 못한 상황이 발생할 때를 제외하고는 어디서 머물게 되는지를 보여 주는 이 여행의 여정은 다음과 같다.

캘커타를 떠나 갠지스 강 계곡을 따라 알라하바드^{Allahabad, 갠지스 강과 야무나 강의 합수 지점에 자리한 도시}까지 간다. 티베트의 첫 봉우리들을 넘으려면 아요디아^{Ayodhya, 인도 북부 우타르프라데시 주 고그라 강변의 도시} 왕국을 통과해서 올라가야 한다. 이어서 한 장소에서건, 다른 여러 장소에서건, 호드 대위가 사냥단을 꾸려 사냥에 나설 수 있도록 몇 달 동안 야영을 하고, 봄베이^{Bombay}까지 내려온다.

이 여정은 대략 3,600킬로미터에 달하는 험난한 것이었지만, 우리의 집과 그 고용인들이 함께했다. 이런 조건에서라면 여러 번 세계일주를 한다 하더라도 거절할 사람이 있겠는가?

첫번째 여정

5월 6일, 여명이 밝자마자 나는 인도의 수도에 도착하면서부
터 머물던, 캘커타에서 가장 좋은 호텔 중 하나인 스펜서 호텔
을 떠났다. 나에게 있어서 이 거대한 도시는 더 이상 아무런 비
밀도 간직하고 있지 않았다. 나는 하루가 시작되는 이른 아침에
걸어서 산책을 하곤 했다. 저녁때는 유럽인들의 휘황찬란한 행
렬이 뚱뚱한 원주민 신사의 궁색한 자동차를 경멸하듯 지나치
는 스트랜드 로路에서 '포트 윌리엄'의 광장까지 이어지는 도심
지를 자동차로 돌아다녔다. 시장이라는 이름이 정확히 들어맞
는 신기한 상업 지역을 통과하는 산책도 즐겼다. 갠지스 강가에
있는 죽은 자들의 화장터나 후커라는 박물학자가 만든 식물원
도 방문했다. 또한 팔이 넷 달린 무시무시하고 난폭한 죽음의 여
신, 칼리가 숨어 있는 성 외곽의 작은 사원을 방문하기도 했다.
성 밖에는 인도 본래의 야만과 현대 문명이 공존하고 있었다. 또
스펜서 호텔 바로 정면에 서 있는 총독관저를 쳐다보기도 했다.
초우링기 로路의 궁전을 바라보거나, 우리 시대의 위인들을 기
념하는 시청을 감탄하며 보기도 했다. 또 후글리의 흥미로운 회
교사원을 자세하게 관찰했다. 영국 선박들 중에 가장 아름다운

상선들이 앞을 가로막은 항구를 달리기도 했다. 그리고 도시의 완벽한 위생 상태를 유지시키고 도로를 청소하는 '무수리' 혹은 '철학자', 그 밖에도 수없이 많은 이름을 가진 새, '아질라'에게 작별인사를 해야겠다.

그날 아침, 영국산 자동차의 안락함과는 비교도 되지 않는 이 두 사륜마차의 일종인 '팔키-가리'가 나를 태우기 위해 정부 광장으로 왔고, 곧이어 나를 먼로 대령의 방갈로 앞에 내려 줄 것이었다.

성 밖으로 조금 떨어진 곳에서, 열차가 우리를 기다리고 있었다. 짐을 새로운 집으로 옮기는 일만 남아 있을 뿐이었다.

우리 짐은 당연히 특별칸에 미리 실려 있었다. 우리는 필수품만 운반할 뿐이었다. 한편 무기와 관련해서 호드 대위는 우리가 무장해야 하는 몇 개의 소총과 권총을 계산하지 않고, 총알이 장전된 엔필드 소총 네 자루, 사냥용 소총 네 자루, 야생오리 사냥용 엽총 두 자루 정도만 꼭 필요한 것으로 생각했다. 이 모든 도구는 순한 식용 가금류보다는 맹수를 위협할 것 같았지만, 우리는 이것에 대해 원정대의 니므롯^{구약에 등장하는 바빌론의 사냥꾼 영웅}에게 그 이유를 듣지는 못했다.

아무튼 호드 대위는 매우 즐거워하고 있었다! 퇴역한 먼로 대령이 고독하게 지내는 것으로부터 빠져나올 수 있다는 기쁨, 비교할 데가 없는 행렬로 인도 북부 지방을 여행하기 위해 떠난다는 즐거움, 격렬한 사냥과 히말라야 지역을 여행한다는 기대감, 이 모든 것들이 대위를 활기 넘치게 했고, 매우 흥분시켰으며, 감탄사를 연발하게 해서, 그와 악수할 때는 너무 힘을 세게 쥐 뼈가 부러질 것 같았다.

출발 시간을 알리는 종이 울렸다. 보일러 압력이 오르기 시작했고, 기계는 작동 준비가 되었다. 기계공은 자기 자리에 서서 조절기를 잡고 있었다. 규칙에 따라 호루라기 소리가 들렸다.

"출발합시다!" 호드 대위가 자신의 모자를 흔들며 외쳤다. "강철거인이여! 출발합시다!"

이렇게 해서 우리의 열혈 친구 호드 대위는 '강철거인'이라는 이름을 기차의 대단한 추진체에 부여했고, 잘 어울리는 이름이었기 때문에 그대로 사용하게 되었다.

두번째 짐을 담당하는 원정대 직원에 대해 한마디 해야겠다. 영국인 기계공 스토르는 '인도남부철도회사'의 직원이었는데, 이 여행에 동참하기 몇 달 전 회사를 그만뒀다. 그의 능력을 알았던 뱅크스가 먼로 대령을 위해 스토르를 불러들였다. 마흔 살인 스토르는 우리를 위해 많은 일을 하게 될 솜씨 좋은 노동자인 동시에 자신의 일에 정통한 사람이었다.

운전사는 칼루트라는 사람이었다. 철도회사가 찾아낸 자로서, 인도의 열대 기후를 별 탈 없이 견뎌낼 수 있는, 특히 보일러의 열기 때문에 두 배나 더운 온도를 참을 수 있는 인도인이었다. 다음 번에 홍해를 건너게 될 때는 해상운송회사에서 일하는 아랍인들에게 운전대를 맡기게 될 것이다. 유럽인들이라면 순식간에 까맣게 그을릴 법한 곳에서 이 선량한 사람들은 펄펄 끓는 더위에도 만족하면서 일했다. 어쨌든 훌륭한 선택이었다.

먼로 대령의 당번병은 서른다섯 살의 인도인으로서 구르그카 종족의 구미라는 사람이었다. 그는 규칙을 준수하는 모범적인 사람이었기에 새로운 탄약을 사용하는 연대에 소속되어 있었다. 이 탄약은 세포이 항쟁* 때문에 지금까지 사용되지 못했다. 키가 작고, 민첩하며, 불굴의 희생심을 발휘하는 그는 소총여단의 검정 군복을 자신의 피부인 양 꾸준히 착용하고 있었다.

맥닐 중사와 구미는 먼로 대령에게 자신들의 몸과 마음을 모두 바쳐 충성하는 사람들이었다. 인도에서 일어난 많은 전쟁 중에 먼로 대령 편에서 싸웠고, 나나 사히브**를 찾아내기 위해 결과 없는 노력을 기울였으며, 대령이 은퇴하자 그를 따라다니며 항상 함께 있었다.

구미가 대령의 당번병이라면, 순 영국혈통에 밝고 성격 좋은

---

* 세포이(sepoy)라고 불리던 인도인 용병은 영국이 인도를 식민지로 삼고 있던 때에 조직된 군대로서 영국인 장교의 지휘 아래 있었다. 1857년 반란을 일으켜 델리와 알라하바드를 점령했다가, 1858년 3월 영국 군대에 의해 소탕되었다.
** 나나 사히브(Nānā Sāhib, 1825~1862). 봄베이를 중심으로 통치하던 인도의 마라타 왕국의 왕자로서, 1857년 세포이 항쟁을 이끈 지도자이다. 칸푸르에서 영국 군대에 패한 후, 네팔로 피신했다.

폭스는 호드 대위의 당번병이었는데, 그 역시 대위처럼 열정적인 사냥꾼이었다. 이 선량한 젊은이는 어떤 상황에도 당번사병으로서 자신의 사회적 역할을 바꾸지 않았다. 그의 예민함은 폭스라는 이름과 잘 어울렸다. 곧 여우가 아닌가 말이다! 대위보다는 세 마리 적은 수지만, 호랑이 서른일곱 마리를 잡은 여우다. 그는 거기에서 멈추지 않기 위해 열심히 사냥물의 수를 셌다.

원정대원들을 모두 설명하기 위해서는 식사를 준비하는 두 방 사이에서 두번째 집의 뒷부분을 호령하는 우리의 흑인 요리사에 대해서 이야기해야 한다. 어떤 기후에서라도 이미 그을리고 익어 있는 그는 프랑스 출신이며 '파라자르'라는 이름을 가졌는데, 자신의 직업이 비천하다고 여기기보다는 매우 중요한 기능을 수행한다는 생각으로 가득 차 있었다. 그의 손이 이 화덕에서 저 화덕으로 움직이며 음식을 만들 때, 화학자의 정확함을 가지고 맛을 돋우는 후추, 소금 그리고 다른 양념들을 넣을 때, 그는 심지어 거드름을 피우기까지 했다. 아무튼 파라자르 씨는 요리에 능숙했고 청결했기 때문에, 우리는 요리에 대한 그의 거만함을 기꺼이 참아 줄 수 있었다.

그러니까 한쪽 편에는 에드워드 먼로 경, 뱅크스, 호드 대위, 그리고 내가 있었으며, 다른 한쪽 편에는 맥닐, 스토르, 칼루트, 구미, 폭스, 그리고 파라자르 씨가 있음으로 해서 원정대원은 모두 열 명이었다. 강철거인은 움직이는 두 채의 집으로 된 객차와 함께 우리를 인도 반도의 북부로 안내했다. 대위가 사냥에 있어 높이 평가하는 '판'과 '블랙'이라 부르는 사냥개 두 마리를 소개하는 것도 잊지 말아야겠다.

벵골Bengal이 힌두스탄에서 가장 신기한 주가 아니라 해도, 적어도 가장 부유한 주이긴 하다. 정확하게 말하자면 벵골은 광대한 왕국의 중앙을 차지하고 있는 영주의 지방은 아니다. 다만 이 지방은 진정한 힌두교 국가라면 그러하듯이 많은 인구가 넓은 영토에 흩어져 있다. 벵골은 또한 북쪽으로 뛰어넘을 수 없는 국경인 히말라야까지 이어져 있고, 우리의 여정은 이 국경을 비스듬히 가로질러 나아가는 것이었다.

첫 여정에 대해 논의한 후 우리는 다음과 같은 계획 때문에 다시 모였다. 캘커타를 비옥하게 하는 갠지스 강의 지류인 후글리를 얼마만큼 거슬러 올라갈 것인지, 또 버드완까지 이어지는 철도가 지나가는 찬다나가르라는 프랑스 도시를 오른쪽에 두고 지날 것인지, 그리고 바라나시에서 갠지스 강을 다시 만나기 위해 비하르Bihar를 가로질러 비스듬하게 움직일 것인지 등에 관한 논의였다.

"여러분, 저는 여러분에게 여행의 지휘권을 완전히 맡기겠습니다." 먼로 대령이 말했다. "저와는 상관없이 결정하십시오. 여러분이 계획하는 모든 것에 저도 동의할 것입니다."

"친애하는 먼로 경, 그렇지만 자네가 의견을 말하는 것이 바람직해 보이네……." 뱅크스가 대답했다.

"아니네. 나는 자네 의지에 따를 뿐이며, 어느 지방을 더 방문하고 싶은 생각이 전혀 없다네." 먼로가 다시 말했다. "단지 궁금한 것이 한 가지 있을 뿐이지. 여러분은 바라나시에 도착한 다음에는 어떤 방향으로 가기를 원하시는지요?"

"북쪽이죠!" 호드 대위가 혈기 넘치게 외쳤다. "아요디아 왕국을 가로질러 히말라야의 첫 비탈길들까지 직접 거슬러 올라가는 길이 있거든요."

"그렇다면, 여러분, 지금……." 먼로 대령이 대답했다. "아마도 제가 여러분께 요청할 수 있을 것 같군요……. 아닙니다. 시간이 되면 그때 가서 말하겠습니다. 그때까지 여러분 좋을 대로갑시다!"

먼로 경의 이런 대답에 나는 꽤나 놀랐다. 그렇다면 그의 생각은 어떤 것이었을까? 그는 자신의 의지보다는 우연하게 나아가는 것이 더 낫다는 생각으로 이 여행을 시작한 것인가? 나나 사히브가 죽지 않았다면, 인도 북쪽에서 그를 다시 찾을 수 있으리라 생각한 것은 아닌가? 그러니까 그는 여전히 복수할 수 있다는 희망을 품고 있는 것일까? 나는 어떤 속셈이 먼로 대령을 움직이고 있다는 예감이 들었고, 맥닐 중사는 대령의 비밀을 알고 있을 것 같았다.

그날 이른 오전 동안, 우리는 스팀하우스의 거실에 있었다.

베란다의 두 창문과 문은 열려 있었고, 펑카는 공기의 움직임에 따라 흔들려서 더위를 조금은 참을 수 있게 해주고 있었다.

강철거인은 스토르의 조종에 따라 서행하고 있었다. 지나치는 지역을 보고 싶어 하는 여행자들은 강철거인이 지금은 천천히 움직이기를 바랐다.

캘커타의 외곽을 벗어날 때에, 우리 행렬에 놀란 꽤 많은 유럽인들과 두려움과 경탄이 뒤섞인 인도 군중들이 우리를 쫓아왔다. 군중의 수는 조금씩 줄어들었지만, 경탄에 차서 "와아! 와아!" 하는 행인들의 감탄 소리를 피하지는 못했다. 이 모든 감탄사는 놀라운 두 대의 객차를 향해서라기보다는 증기를 토해 내면서 수레를 끌고 가는 거대한 코끼리를 향한 것이었다.

열 시에는 식당에 상이 차려졌는데, 기차의 일등칸 객실보다 확실히 덜 흔들렸다. 우리는 점심을 준비한 파라자르 씨에게 경의를 표했다.

우리 기차는 순다르반스Sundarbans 삼각주*의 복잡한 망을 포함하고 있는 갠지스 강의 수많은 지류 중에서 가장 서구화된 후글리 강 좌안左岸을 따라 나아가고 있었다. 이 지역의 땅은 충적토를 형성하고 있었다.

---

* 인도 서뱅갈 주와 방글라데시에 걸쳐 있는 갠지스 강 삼각주. 광활한 숲과 염수의 늪지대를 하구와 조석 하천, 작은 강들이 교차하고 수많은 수로를 형성하고 있으며, 그 사이에 평평한 습지로 이루어진 섬들이 빽빽한 숲으로 덮인 채 자리 잡고 있다.

"친애하는 모클레 씨, 당신이 보는 저곳은 신성한 물결이 벵골만 못지않게 신성한 만을 정복한 것이랍니다." 뱅크스가 내게 말했다. "시간 문제랍니다. 아마도 히말라야 국경으로부터 오지 않은 흙은 여기에 없을 겝니다. 갠지스 강의 물결이 실어 온 것이지요. 갠지스 강은 이 지방의 토지를 만들기 위해 산에서 조금씩 흙을 떼어 내서 바로 강이 몸을 눕힐 수 있는 침대와 같은 넓은 지역이 형성된 것이죠."

"그렇지만 갠지스 강은 얼마나 자주 다른 것을 위해 이 땅을 포기했던가!" 호드 대위가 덧붙였다. "아! 얼마나 변덕스럽고, 제멋대로이며, 별난지! 사람들이 강기슭에 도시를 하나 건설하고 몇 세기가 지나면, 그 도시는 평야 한가운데 있고 도시의 강변은 이미 메말라 버린답니다. 강이 물 흐름의 방향과 하구를 바꿔 버렸기 때문이지요! 결국 라즈마할과 가우르 지역은 예전에 이 변덕스러운 물결에 에워싸여 있었지만, 지금은 평야의 메마른 논 한가운데서 목말라 하고 있죠!"

"그리고! 캘커타 역시 이런 운명에 처할까 봐 두려워하기만 해야 할까요?" 내가 대답했다.

"그걸 누가 알겠어요?"

"아무튼! 우리가 거기에 있지는 않잖아요!" 뱅크스가 응수했다. "그리고 그것은 방파제와 관련된 문제이기도 하고요! 필요하다면 갠지스 강의 범람을 막는 방법을 기술자들은 잘 알 것입니다! 그들이 강을 잘 제지하겠지요!"

"친애하는 뱅크스 씨, 인도 사람들이 그들의 성스러운 강에 대해 당신이 지금 한 말을 듣지 못한 것이 다행이라고 생각되는군요!" 내가 대답했다. "그들이 들었다면 당신을 용서하지 않았을 것 같은데요!"

"네, 갠지스 강은 신의 아들이죠. 또는 신 자신일 수도 있기 때문에, 인도 사람들에게 어떤 해도 끼치지 않다는 것이죠!" 뱅크스가 대답했다.

"맞아요. 심지어 열병, 콜레라, 흑사병 같은 전염병으로부터 보호하는 것도 갠지스 강이라고 믿죠!" 호드 대위가 외쳤다. "순다르반스에 득실대는 호랑이와 악어가 건강에 악영향을 덜 미치는 것도 사실이에요. 사람들은 영국계 인도인에게 필요한 요양원의 맑은 공기처럼 더운 계절에 풍기는 악취가 이 동물들에게 어울린다고 말하죠. 아! 육식동물들이여! 폭스?" 호드가 식탁을 치우고 있는 자신의 당번사병을 향해 몸을 돌리며 말했다.

"네, 대위님?" 폭스가 대답했다.

"자네가 서른일곱번째를 죽인 곳이 저기 아닌가?"

"맞습니다, 대위님. 포트-캐닝Fort Canning, 인도 서벵골 주의 도시에서 2마일 떨어진 곳이었습니다." 폭스가 대답했다. "어느 날 밤이었죠……." "그걸로 충분하네, 폭스!" 커다란 그로그럼 또는 브랜디에 설탕, 레몬, 더운 물을 섞은 음료 잔을 채우면서 대위가 다시 말했다.

"내가 이미 서른일곱번째와 관련된 이야기는 알고 있지 않나. 서른여덟번째에 더 관심이 간다네."

"서른여덟번째는 아직 죽이지 못했습니다, 대위님."

"자네는 할 수 있을 걸세, 폭스. 나는 마흔한번째를 죽일 것이고." 호드 대위와 그의 당번사병 간의 대화에는 절대로 '호랑이'라는 단어가 발음되지 않았다. 불필요했기 때문이다. 두 명의 사냥꾼은 서로를 잘 이해하고 있었던 것이다.

그러나 우리가 앞으로 나아갈수록 후글리 강의 폭이 넓어졌다. 캘커타 근처에서는 폭이 1킬로미터에 달해서 강이 몸을 눕히는 침대와 같은 들판의 폭이 점점 좁아졌다. 도시 상류에서는 강기슭의 높이가 꽤 낮아 물의 흐름이 기슭까지 미쳤다. 거기서는 자주 엄청난 태풍이 불어 닥쳐 그 지방 전체에 재해를 가져왔다. 완전히 무너진 동네들, 몇백 채의 짓밟힌 집들, 황폐해진 농작물들, 도시와 시골 곳곳에 널려 있는 수천의 시체들, 이런 파괴는 피할 수 없는 대기 현상이 지나간 흔적이었다. 그리고 1864년에 있었던 태풍은 그 중에서 가장 무시무시한 예 중 하나였다.

인도의 기후는 세 계절로 나뉘는데, 우기가 있고, 추운 계절과 더운 계절이 있다. 더운 계절이 가장 짧지만, 가장 견뎌 내기 힘든 시기이기도 하다. 특히 3, 4, 5월 석 달은 가공할 더위가 기승을 부리고, 그 중에서도 5월이 가장 덥다. 이 시기에 유럽인들은 몇 시간만 햇빛에 나가 있어도 목숨이 위태로워질 정도다. 그늘에서도 온도계가 화씨 102도까지 올라가는 경우가 흔한데, 섭씨 41도를 의미한다.

"사람들은 천명증말의 후두가 마비되고 좁아져서 거친 숨소리를 내는 병에 걸린 말처럼 숨 쉬고, 식민지 탄압전쟁 동안 장교와 사병들은 뇌출혈을 막기 위해 샤워장에 달려가 머리에 물을 뿌려야 했었죠." 드발브장 씨가 말했다.

어쨌든 스팀하우스의 움직임 덕분에 펑카가 펄럭거려 공기층이 계속 움직였고 쇠풀로 된 가리개에 물을 자주 주어 습한 공기가 순환됐기 때문에, 우리는 더위 때문에 고통스럽지는 않았다. 게다가 6월부터 10월까지 이어지는 우기가 멀지 않아서, 그때가 더운 계절보다 더 견디기 힘들지 않을까 염려가 되기도 했다. 아무튼 우리의 여행 상황에 심각하게 두려워할 것은 아무것도 없었다.

우리는 집 안에서 잠시 감미로운 산책을 즐긴 후, 오후 한 시쯤 되었을 때 찬다나가르에 도착했다.

벵골 주에서 유일하게 프랑스령인 이 땅을 나는 이미 방문한적이 있었다. 프랑스의 삼색기가 휘날리는 이 도시는 개인 경호를 위해 15명 이상의 사병을 보유할 수 없는 곳이다. 18세기의 전쟁 시기에는 캘커타의 경쟁도시이기도 했었지만, 지금은 완전히 퇴락해서 산업이나 상업 활동이 이루어지지 않고 있었으며, 시장도 서지 않고 항구마저 비어 있었다. 만약 알라하바드의 철도가 가로지른다거나 최소한 철도 벽이라도 찬다나가르에 뻗어 있게 된다면 도시는 다시 활기를 찾을 수 있을 것이라는 프랑스 정부의 주장에도 불구하고, 인도철도회사는 철길이 도시로부터 비스듬히 돌아 나가도록 할 수밖에 없었고, 찬다나가르는 상업적으로 번성할 수 있는 유일한 기회를 잃고 말았다.

그래서 우리 기차는 도시에 들어가지 않았다. 도시에서 3마일 떨어진 곳에 멈췄는데, 그곳은 종려나무 숲 입구였다. 야영이 준비되면, 이 장소에 막 세워진 마을즉 강철거인에 대해 말해도 될 터이다. 그러나 움직이는 마을이기 때문에, 하루 저녁을 각자의 객실에서 편안하고 조용히 보내고, 다음날인 5월 7일에 중단되었던 여정을 계속 이어 나갈 것이다.

이 휴식 기간 동안 뱅크스는 연료를 다시 채웠다. 비록 이 기계가 많은 연료를 필요로 하지 않는다 하더라도 물, 나무, 또는 석탄은 탄수차에 언제나 가득 채워져 있어야 60시간 동안 움직일 수 있는 것이기 때문이다.

이런 규칙은 호드 대위와 그의 충실한 부하 폭스에게도 적용되었는데, 그들의 내부 화덕 —— 커다란 외관을 덥히는 위장을 의미하는—— 은 질소를 함유한 연료로 항상 가득 차 있어야 했다. 이것은 인간 기계가 오래도록 그리고 잘 움직일 수 있도록 하려면 필수적이기 때문이다.

이번 여정은 더 길어질 예정이었다. 이틀 동안 낮에는 여행하고 밤에는 쉴 텐데, 버드완에 도착해서 9일에는 낮 동안 도시를 방문하기 위함이었다.

아침 여섯 시에 스토르는 날카로운 휘파람 소리를 내고 실린더를 움직였다. 강철거인은 그 전날보다는 조금 더 빠르게 걸음을 옮겼다. 몇 시간 동안 우리는 철길 옆으로 나란히 나아갔는데, 이 철길은 버드완을 지나 라즈마할에서 갠지스 강 계곡과 다시 만나고, 바라나시 너머까지 뻗어 나간다. 캘커타에서 출발한 기차가 매우 빠른 속력으로 우리를 지나쳐 갔다. 여행객들의 감탄에 찬 탄성 때문에 기차가 우리에게 도전하는 것 같았다. 우리는 이런 도전에 아무런 응대도 하지 않았다. 기차가 우리보다 더 빨리 갈 수는 있겠지만, 더 편안하지는 않기 때문이다!

이틀 동안 우리가 통과한 지역은 평지가 계속되어서, 오히려 단조롭게 느껴질 정도였다. 곳곳에 낭창낭창한 야자나무 몇 그루가 흔들리고 있었고, 버드완 너머까지 이런 야자나무들이 있었다. 크게 봐서 종려나무과에 속하는 이 나무들은 해안을 친구 삼으며, 이들이 숨 쉬는 대기 속에 바닷가의 공기 분자가 섞여 있는 것을 좋아한다. 또한 바닷가에서 조금만 멀어져도 이런 나무들을 볼 수 없어서, 인도 중부에서 야자나무를 찾는 것은 헛된 일이다. 그래서 인도 내부에 서식하는 식물군들은 흥미롭고 다양하다.

길 옆으로는 끝없이 펼쳐지는 논이 거대한 체스판처럼 이어졌다. 논바닥은 사각형 형태로 나뉘어 있었고, 염전이나 연안지대의 굴 양식장처럼 둑이 쌓여 있었다.

다음 날 저녁, 우리 기계는 급행열차가 부러워할 정도로 예정된 시간에 정확하게 마지막 증기기관 소리를 낸 후 버드완 시市 문턱에 멈춰섰다.

행정적으로 이 도시는 영국 관할 구역의 도청 소재지지만, 실제적으로는 정부에 천만 이상의 세금을 납부하는 마하라자 Mahārāja, '대왕'이란 뜻의 산스크리트어로 인도의 주요 토후를 이름에 속해 있다. 도시의 대부분은 낮은 집들로 이루어져 있는데, 야자나무와 빈랑나무로 된 아름다운 가로수 길이 도시를 나누고 있다. 이 가로수 길은 꽤 넓어서 우리 기차가 지날 수 있을 정도였다. 그래서 우리는 그늘이 잘 지고 시원하면서 매력적인 장소를 찾아 야영했다. 그날 밤, 이 마하라자 수도에는 작은 마을 하나가 더 생긴 셈이다. 그것은 바로 우리의 움직이는 두 집이 이룬 작은 마을이었는데, 버드완 군주의 영국-인도식 건축물인 멋있는 궁전이 서 있는 구역처럼 우리 마을을 변화시키지는 않았다.

우리 코끼리는 거기에서 의례적으로 음향 효과를 냈는데, 그것은 이 벵골 사람들을 모두 경탄케 하는 일종의 포효였다. 그래서 머리에 모자도 쓰지 않고, 티투스기원후 70년에 예루살렘을 정복한 로마의 황제식으로 머리를 자른 사람들이, 남자들은 허리에 두르는 간단한 옷만을 걸치고, 여자들은 머리부터 발끝까지 덮는 흰색 사리를 입고 여기저기에서 달려왔다.

"저는 정말 두려웠답니다!" 호드 대위가 말했다. "왜냐하면 이곳의 마하라자가 우리의 강철거인을 사고 싶어 했거든요. 게다가 엄청난 액수를 지불하겠다고 하면서, 위대한 전하인 그에게 강철거인을 꼭 팔아야 할 것처럼 말했기 때문이죠!"

"결코 그런 일은 없을 겁니다!" 뱅크스가 외쳤다. "만약에 그 사람이 원한다면, 그가 지배하는 주(州)의 수도를 완전히 다시 꾸밀 정도로 힘센 코끼리를 하나 제조할 수는 있겠죠! 그렇지만 어떤 가격을 쳐 준다 해도 우리 코끼리를 팔지는 않을 거예요. 그렇지 않나? 먼로?"

"어떤 가격이라도 팔지 않습니다." 먼로 대령이 백만 불을 준다 해도 유혹당하지 않을 것 같은 어조로 대답했다.

게다가 우리의 거인을 산다는 것은 사실 논의할 만한 일이 못 됐다. 마하라자가 버드완에 없었기 때문이다. 우리 행렬을 살펴보기 위해 방문한 사람은 '캄다르'라고 하는 마하라자의 개인 비서였다. 그는 우리에게 기꺼이 받아들이고픈 제안을 했는데, 마하라자의 궁전 정원을 산책하도록 해주겠다는 것이었다. 그 정원은 열대식물의 표본 중에서도 가장 아름다운 것들이 자라고 있는 곳으로 이 식물들에게는 시냇가로 흐르거나 연못으로 흘러 들어가는 청량한 물을 뿌린다. 또한 궁전 공원도 산책할 수 있었는데, 매우 매혹적인 인상을 주는 환상적인 정자들로 장식되어 있고, 초록빛의 잔디가 카펫처럼 깔려 있다. 이 공원에는 또한 가축을 대표하는 노루·사슴·흰반점사슴·코끼리가 있었고, 야생동물을 대표하는 호랑이·사자·표범, 그리고 곰 등이 훌륭한 동물원에서 살고 있었다.

"호랑이가 새처럼 철장에 갇혀 있어요, 대위님!" 폭스가 소리쳤다. "너무 가엾지 않아요?"

"그렇군, 폭스!" 대위가 대답했다. "우리가 이 정직한 야수들과 대화할 수 있다면, 그들은 정글에서 어슬렁거리며 다니고 싶다고 말하겠지……. 그곳이 우리의 소총 총알이 폭발할 수 있는 사정거리 안이라 할지라도 말이지!"

"아! 바로 그게 제가 생각하는 거랍니다, 대위님!" 당번사병이 한숨을 내뱉으며 대답했다.

다음 날인 5월 10일, 우리는 버드완을 떠났다. 식료품이 보급된 스팀하우스는 건널목이 있는 철도를 통과해서, 캘커타에서 약 75마일 정도 떨어진 도시 랑구르를 향해 움직였다. 이 여정은 사실 무르시다바드라는 중요한 도시를 오른쪽에 지나쳐 가는 것이었는데, 이 도시는 인도인 거주 지역이나 영국인 거주 지역 모두 별로 흥미를 끌지 못했기 때문이다. 몽기르라는 도시는 성스러운 강인 갠지스를 굽어보는 곳 위에 위치해 있는데, 힌두스탄에서는 영국의 버밍엄과 같은 곳이다.* 우리가 곧 지나치게 될 비하르 왕국의 수도인 파트나Patna는 아편 거래의 중심지로서 부유한 곳이며, 무성히 자란 덩굴식물들이 도시를 침범해 사라질 위험에 처해 있는 곳이기도 하다. 그렇지만 우리는 갠지스 강 계곡보다 위도 2도가량 아래인 남쪽을 향하면서 더 좋은 방향을 찾아 나아갔다.

이 지역을 여행하는 동안, 강철거인은 조금 더 힘을 내 빠르게 걷는 속도를 유지했고, 우리는 그 덕분에 공중에 매달려 있는 우리 집이 얼마나 훌륭하게 설치되어 있는가를 알 수 있었다. 지나치는 길은 아름다웠고, 강철거인을 테스트해 보기에 적합했다. 이 거대한 코끼리가 연기와 증기를 내뿜으며 육식동물들을 지나치면, 이 동물들은 두려움에 떨었을 것이다. 강철거인에게는 가능한 일일 것이었다! 어쨌든 이 지역의 정글 한가운데서 우리는 호드 대위가 이 광경을 보고 놀라워하는 것처럼 그런 동물들을 전혀 보지 못했다. 더군다나 이곳은 벵골 지방도 아니고 인도 북부 지역이기 때문에, 호드 대위는 사냥꾼으로서의 본능을 충족시키지 못하고 있었다. 그러나 아직까지 불평을 해댈 생각을 하지는 않는 모양이었다.

5월 15일, 우리는 버드완에서 500리유프랑스의 옛 거리 단위. 1리유

---

* 영국 제2의 도시인 버밍엄은 잉글랜드 지역의 지리적 중심부에서 가까운 주요 상공업 지대의 중심도시였다.

는 약 4킬로미터 정도 떨어진 랑구르 근처에 도달했다. 우리의 평균 속도는 12시간에 150리유를 가는 정도였고, 더 많이 가지는 못했다.

3일 후인 5월 18일, 기차는 100킬로미터 정도를 더 가서 시트라라는 작은 도시 근처에 멈췄다.

이 첫 여행 동안 아무런 사고도 나지 않았다. 낮 동안은 더웠지만 베란다의 보호 아래 즐기는 시에스타는 얼마나 달콤했는지 모른다! 우리는 거기에서 가장 견디기 어려운 시간을 감미롭게 보낼 수 있었다.

저녁이 오면 스토르와 칼루트는 뱅크스가 보는 앞에서 보일러를 청소하고 기계를 실펴보았다.

그 시간에 호드 대위와 나는 폭스와 구미, 그리고 포인터 수렵견의 일종 두 마리를 대동하고 야영지 근처로 사냥하러 나가곤 했다. 거기에는 털 있는 짐승이든 조류든 시시한 사냥감만 있었다. 사냥꾼으로서 대위는 이런 것들을 무시했지만, 미식가로서는 무시할 수 없었다. 다음 날이면 파라자르 씨가 만족스럽게 준비한 식사 메뉴 중에서, 우리의 저장품을 아껴 주는 맛있는 음식이 대위를 기쁘게 했기 때문이다.

가끔씩 구미와 폭스는 나무꾼과 물지게꾼 노릇을 해야 했기 때문에 남아 있기도 했다. 다음 날을 위해 탄수차에 필요한 것들을 재공급하지 않으면 안 되었던 것이다. 또한 뱅크스는 가능한 한 숲과 가까운 곳에 위치한 개울가를 휴식 장소로 선택했다. 어떤 사소한 것도 놓치지 않는 엔지니어의 지시 아래 이 모든 필수 불가결한 보급이 이루어졌다.

모든 일이 끝난 후, 우리는 마닐라산 '쉐루트' 시가에 불을 붙이고, 호드와 뱅크스가 속속들이 잘 알고 있는 이 나라에 대해 이야기하면서 담배를 피우곤 했다. 대위는 이 평범한 시가를 마다하고, 자신의 당번사병이 정성스럽게 가득 채운 20피트짜리 물담배, 즉 '후카'를 힘차게 빨아댔다.

우리의 가장 큰 바람은 야영지 근처로 나서는 산책에 먼로 대령도 동행하는 것이었다. 우리는 한결같이 그에게 같이 외출하자고 권했고, 그는 시종일관 우리의 제안을 거절한 채 맥닐 중사와 남았다. 두 사람은 길에서 약 백 보쯤을 왔다갔다하며 산책하곤 했다. 그들은 거의 말을 주고받지 않았지만, 자신들의 생각을 주고받기 위해 말을 할 필요가 없이, 놀라울 정도로 서로 잘 이해하는 것처럼 보였다. 지울 수 없는 죽음의 기억 속에서 서로 완전히 흡수되어 있었던 것이다. 에드워드 먼로 경과 중사가 피비린내나는 폭동극에 다가가고 있으니, 이런 기억들이 되살아고 있을지도 모를 일이었다!

우리가 나중에야 확실하게 알게 되는 먼로 대령의 확고한 생각이 있었는데, 그것은 그가 단순히 우리와 갈라지지 않기를 원한 것이 아니라, 그를 인도 북부로의 원정에 동참하도록 했던 어떤 것이 있었다는 사실이다. 그러한 점에서 뱅크스와 호드 대위는 나와 생각이 같았다. 우리 셋은 미래에 대한 막연한 걱정 속에서, 인도 반도의 평야를 가로질러 달려가는 강철 코끼리가 먼로 대령과 함께 비극적인 사건에 연루되지 않을까 의문을 제기하곤 했다.

팔구 강의 순례자들

비하르는 예전에 마가다 체국Magadha, 기원전6~기원후 8세기 인도 북
동부 비하르 주에 위치했던 고대왕국을 형성했다. 불교가 맹위를 떨치던
시대에는 신성한 땅이었으며, 지금도 도시가 사원과 수도원으
로 뒤덮여 있을 정도이다. 그렇지만 이미 몇 세기 전부터 힌두교
에서 가장 높은 계급인 브라만이 불교 사제들을 대신해서 군림
하고 있다. 그들은 '비하라'초기 불교 사원를 빼앗아서 개발하고는
거기에서 예배의식을 거행한다. 왜냐하면 많은 신자들이 여기
저기에서 모여들기 때문이다. 비하라는 갠지스의 성스러운 물,
바라나시 순례,* 그리고 자간나타Jagannātha 의식**과 경쟁 관계를
가진다. 결국 그 지방이 그들에게 속한 것이나 다름없다.

풍요로운 지방인 이곳엔 에메럴드 초록빛의 광대한 논과 함
께 양귀비를 재배하는 넓디넓은 땅이 있었다. 또한 초목의 푸르
름 속에서, 그물처럼 얽혀 있는 칡을 향해 뻗어 나간 종려나무,

---

* 인도 북부 우타르프라데시 주 남동부, 갠지스 강의 좌안에 자리 잡은 고도 바라나시
  는 죽기 전에 이곳에서 몸을 씻으면 천국에 간다는 힌두교 신앙에 따라, 갠지스 강
  7대 순례지 중에서도 가장 특권적인 의미를 갖는다.
** 산스크리트어로 '세계의 보호자'라는 뜻으로, 힌두교의 신 크리슈나(Krishna)의 화
   신 중 하나인 자간나타 숭배 사상이 이 지역에 널리 퍼져 있다.

망고나무, 대추나무 등의 녹음에 덮인 수많은 촌락들로 구성되어 있었다. 스팀하우스가 지나는 길은 축축한 바닥으로부터 싱싱함을 보존한 울창한 넝쿨식물들이 아치를 이루었다. 우리는 길을 잃을까 봐 전혀 두려워하지 않은 채, 지도를 손에 들고 앞으로 나아갔다. 우리 코끼리의 울음소리는 날것들이 시끄럽게 짹짹거리는 소리와 원숭이류가 조화롭지 못하게 떠들어 대는 소리와 뒤섞였다. 또 두터운 증기 소용돌이는 구름 속에서 빛나는 별과 같이 금빛 열매가 눈에 띄는 바나나나무와 전원의 종려나무들을 감싸 안았다. 우리 코끼리가 지나갈 때면, 쌀이나 곡물을 먹고사는 가냘픈 새들이 날아오르는데, 새의 하얀 깃털과 나선형으로 피어오르는 하얀 증기가 섞이곤 한다. 여기저기에는 뱅골보리수들이 즐비하게 있었고, 자몽나무로 이루어진 작은 숲이 있었으며, 1미터 높이의 줄기를 지탱하고 있는 완두콩 줄기가 생명력 넘치게 자라나고 있었다. 이런 풍경은 그 뒤 배경의 경치를 돋보이게 해주었다.

하지만 어찌나 더운지! 습기를 머금은 약간의 공기도 창문에 내려진 쇠풀 가리개를 통과해 퍼진다! 서쪽의 길고 긴 평야의 지면을 어루만지면서 열기를 내뿜는 '핫 윈드', 즉 뜨거운 바람은 타오르는 듯 뜨거운 입김으로 들판을 뒤덮는다. 이제 계절풍 전환기인 6월이고, 이런 상태의 대기를 변화시킬 시간이다. 그 어떤 것도 치명적인 질식이라는 위협에 처하지 않은 채, 불볕 태양이 주는 타격을 견뎌 내지는 못할 것이다.

또한 평야 자체도 황폐하다. 이런 타는 듯한 햇빛에 단련된 '라이오'농부들조차 밭을 경작할 수 없었던 것이다. 우리는 움직이는 방갈로의 보호 아래 그늘진 곳에서만 움직일 수 있을 정도이다. 운전사 칼루트는 보일러의 철제 덮개 앞에서 녹아 내리지 않으려면 백금보다는 순수한 탄소라도 되어야 할 것 같다. 그렇지만 이 용감한 인도인은 잘 견뎌 내고 있다. 그는 인도 중앙부의 철도를 달리는 증기기관 플랫폼에서 살아남을 내성을 제2의 천성으로 지니게 되었다.

5월 19일 낮, 식당 내벽에 걸려 있는 온도계는 화씨로 106도, 섭씨로는 41도에 해당하는 온도를 가리켰다. 그날 밤, 우리는 '하와카나'라고 불리는 건강에 좋은 산책을 할 수도 없었다. 하와카나라는 단어는 '공기를 들이마시다'라는 의미로서, 숨막히는 열대성 기후의 하루를 보낸 후, 저녁의 훈훈하고도 순수한 공기로 숨 쉬는 것을 뜻한다. 그러나 이번에는 대기층이 우리를 집어삼켜 버린 것이다.

"모클레 씨, 삼월의 마지막 날들을 상기시키는 날씨인데요. 휴 로즈 경이 단 두 부대로 잔시Jhansi*의 성벽에 틈을 내려고 노

---

* 인도 북부 우타르프라데시 주에 소재한 교통의 요지이자 성벽으로 둘러싸인 대도시로서 1857년 세포이 항쟁 때는 영국 관리들과 민간인들이 대거 학살되었다.

력했던 때지요." 맥닐 중사가 나에게 말했다. "16일 전에 우리는 베트와 강북부 인도의 강으로 야무나 강의 지류에 있었는데, 그 이후로는 말들도 전혀 쉬지 못했었답니다. 우리는 거대한 화강암 벽 사이에서 전투를 하던 중이었지요. 아주 높은 화덕으로 된 벽 돌 벽 사이에서 전투를 했던 셈이지요. 우리 대열에는 물이 담긴 가죽부대를 가지고 다니는 '시치'들이 있어서, 우리가 총을 쏘는 동안 우리 머리 위에 물을 부었죠. 그 물이 없었다면 우리는 즉사했을 거예요. 맞아요! 생각이 나는군요! 저는 완전히 탈진 상태였죠. 머리가 터질 듯이 아팠어요. 거의 죽어 가고 있었지요……. 그때 먼로 대령님이 나를 발견했고, '시치'의 손에 있던 가죽부대를 찢어서 저에게 물을 부어 주셨죠……. 그것은 지게꾼들이 가지고 있던 마지막 가죽부대였어요. 저는 그것을 잊을 수가 없답니다, 이해하시겠죠? 그건 물방울이 아니라 핏방울이 었던 셈이죠! 그래서 제가 가진 모든 것을 대령님께 드린다 할지라도, 저는 여전히 그분께 빚을 진 사람이에요."

"맥닐 중사, 먼로 대령님이 출발할 때부터 평소보다 점점 무엇인가에 몰두하고 있는 것 같지 않아요?" 내가 물었다. "매일 뭔가를……."

"네, 맞습니다." 맥닐 중사가 자연스럽지 않을 정도로 급하게 내 말을 끊으며 대답했다. "대령님은 점점 러크나우Lakhnau, 칸푸르Kanpur와 같이 나나 사히브가 대학살을 저지른 곳에 가까이

가고 있습니다……. 아! 저는 머리끝까지 피가 솟아오르지 않고 서는 그 일을 말할 수 없답니다! 어쩌면 폭동으로 황폐해진 지방을 관통하지 않는 방향으로 여정을 수정하는 편이 나았을지도 모르죠! 우리의 기억이 희미해지기에는 이 무시무시한 사건과 여전히 너무 가깝게 있단 말입니다!"

"그럼 왜 여정을 바꾸지 않을까요?" 내가 말했다. "맥닐 중사가 원한다면 제가 뱅크스와 호드 대위에게 그러자고 말해 볼게요……."

"너무 늦었습니다." 중사가 대답했다. "대령님은 아마 마지막으로 이 끔찍한 전쟁극을 다시 보시고, 먼로 부인이 돌아가신 곳에 가보고 싶어 하시는 것 같습니다. 얼마나 소름끼치는 죽음이었는지 몰라요!"

"맥닐 중사가 그렇게 생각한다면, 먼로 대령이 원하는 대로 하는 게 좋겠군요. 그리고 우리 계획을 전혀 바꿀 필요도 없겠어요." 내가 대답했다. "소중한 사람들의 무덤에 가서 울고 나면 고통이 완화되고 위안을 찾을 수 있는 법이지요……."

"무덤에 가는 거요, 그거 괜찮겠군요!" 맥닐이 소리쳤다. "그렇지만 수많은 희생자들을 뒤죽박죽으로 급하게 쌓아 둔 칸푸르의 우물들이 과연 무덤이라고 할 수 있을까요? 아름다운 꽃들 사이에, 그리고 나무 그늘 밑에 자리 잡고 있는 스코틀랜드의 묘지들처럼 망자들을 존경하는 손길이 더 이상 이 세상에 존재하지도 않지만, 최소한 각자의 이름이 새겨진 묘비를 간직하는 그런 곳조차 아니거든요. 아! 선생님, 대령님의 고통이 끔찍할 것 같아 두려워집니다! 하지만 다시 한번 말씀드리자면, 지금 방향을 바꾸기에는 너무 늦었어요. 대령님이 여정을 바꾸면 바로 우리와 함께 여행하는 것을 거부하실지 누가 알겠어요! 네! 원래대로 해나가도록 하죠. 신이 우리를 인도하실 겁니다!"

그렇게 말하는 맥닐은 에드워드 먼로 경의 계획에 대해서 잘 알고 있는 것이 확실했다. 그러나 그는 나에게 모든 것을 말했을까? 그리고 대령은 캘커타를 떠나서 칸푸르를 다시 본다는 계획 뿐이었을까? 어쨌든, 지금은 자석이 대령을 죽음의 드라마가 벌어졌던 현장을 향해 끌어당기고 있었다! …… 그렇게 하도록 내버려 둬야 했다!

그래서 나는 중사에게 나나 사히브가 죽었다고 믿기 때문에 복수한다는 생각을 포기한 것인지 물었다.

"아니요." 맥닐이 나에게 분명하게 대답했다. "제 의견을 내세울 만한 아무런 증거가 없지만, 나나 사히브가 저지른 그런 엄청난 죄에 대해 벌 받지 않고 죽을 수 있으리라고는 믿지도 않고 믿을 수도 없습니다! 그럴 수는 없죠! 그렇지만 저는 아무것도 모를 뿐 아니라, 그것에 대해 아무것도 들은 바도 없습니다! …… 단지 저의 본능이 그럴 것이라고 믿게 한다는 겁니다! …… 아! 선생님! 인생에서 정당한 복수의 목표를 가진다는 것은 무엇인가를 의미하겠죠! 저의 예감이 틀리지 않기를 하늘에 빌어야죠. 그리고 어느 날인가……."

중사는 말을 마치지 않았다. 그의 행동은 더 이상 말하고 싶어 하지 않음을 보여 주었다. 하인은 주인과 의견이 같았기 때문이다!

내가 이런 대화의 의미에 대해 뱅크스와 호드 대위에게 말했을 때, 그들 둘 모두 여정을 수정해서도 안 되고, 수정할 수도 없다는 데 동의했다. 게다가 칸푸르를 지난다는 생각을 전혀 해보지 않았고, 바라나시에서 갠지스를 건넌 후, 아요디아와 로힐칸드 왕국Rohilkhand, 인도 북부 우타르프라데시 주 북동쪽에 있는 낮은 충적지에 있던 도시의 동쪽 부분을 가로질러 북쪽으로 곧장 올라가야 했다. 맥닐이 어떻게 생각하든, 에드워드 먼로 경이 자신에게 그렇게도 끔찍한 기억을 떠올리게 하는 러크나우나 칸푸르를 다시 굳이 보길 원하는지는 확실하지 않았다. 그렇지만 결국 그가 그것을 원한다면, 이 부분에 있어서 그의 의견을 거스르지는 않을 것이다.

나나 사히브와 관련해서, 봄베이 주에 그가 출현했다고 보도했던 기사가 사실이라면, 그의 명성은 사람들이 말하는 것보다 대단한 것이었다. 그렇지만 우리가 캘커타에서 출발할 때는 이 인도의 대부호에 대한 이야기는 더 이상 없었으며, 우리의 여정 중에 모은 정보는 권력이 과오를 초래했다고 생각하게 했다.

어쨌든 불가능하다 할지라도 거기에 무슨 진실이 담겨 있다면, 그리고 먼로 대령에게 의도된 비밀이 있다면, 그의 가장 절친한 친구인 뱅크스는 자신이 먼로에게 맥닐 중사처럼 속내를 털어놓을 수 있는 사람은 아니라는 사실에 놀랄 것 같다. 그러나 중사가 그렇게 하기를 부추기는 것에 반해, 대령이 위험하고도 불필요한 수색을 하는 것을 막기 위해 뱅크스는 모든 것을 다 하겠노라고 말했다!

5월 19일 정오쯤, 우리는 치트라의 촌락을 지나쳤다. 스팀하우스는 지금 출발지로부터 450킬로미터 떨어진 곳에 있다.

다음날인 5월 20일 저녁 무렵, 강철거인은 찌는 듯한 하루를 보낸 후, 가야Gaya, 인도 동북부 비하르 주 중서부의 도시 주변에 도착했다. 우리는 순례자들에게 유명한 팔구라는 성스러운 강의 기슭에서 휴식을 취했다. 우리 집 두 채는 도시에서 2마일가량 떨어진 곳에, 아름다운 나무들이 그늘을 드리운 멋진 강 비탈에 멈춰섰다.

우리는 이곳에서 서른여섯 시간, 즉 이틀 밤과 하루 낮을 보내기로 했다. 이곳이 방문해 볼 만한 흥미로운 장소였기 때문이었으며, 내가 긴 체류시간을 가장 강력히 주장했다.

다음 날, 정오의 더위를 피하기 위해 새벽 네 시가 되자마자 뱅크스, 호드 대위, 그리고 나는 먼로 대령에게 휴가를 받아 가야를 향해 출발했다.

바라문교의 중심지인 이곳에는 1년에 15만 명의 신도들이 쇄도한다고 한다. 실제로 도시가 가까워지자 길은 수많은 남자, 여자, 노인, 어린아이들로 뒤덮였다. 이 모든 사람들은 길고 긴 순례의 길에서 느끼는 엄청난 피로를 무릅쓰고 종교적인 의무를 다하기 위해 들판을 지나 열을 지어 가고 있었다.

뱅크스는 아직 설치되지 않았던 철도에 대해 연구하던 시절에 이미 비하르를 방문한 적이 있었다. 그가 이 지역을 잘 알고 있었기 때문에, 우리에게는 훌륭한 가이드가 있는 셈이었다. 또한 호드 대위는 자신의 사냥 도구 모두를 야영지에 두고 와야 했다. 그래서 우리의 니므롯이 우리를 길에 버려 두고 사냥을 가 버릴 것이라는 염려도 없었다.

성스러운 도시라는 이름이 붙여진 도시에 거의 다 도착했을 무렵, 뱅크스가 우리를 성스러운 나무 한 그루 앞에 멈춰 서게 했는데, 나무 둘레에서는 나이와 성별에 관계없이 모든 순례자들이 경배의 자세를 취하고 있었다.

이 나무는 인도 보리수였는데, 엄청나게 큰 몸체를 가지고 있었다. 대부분의 가지가 늙어서 이미 떨어져 나가고 없었으나 나무의 나이가 200~300년 이상씩 된 것은 아니었다. 이러한 사실은 루이 루슬레19세기 후반 인도를 여행한 다큐멘터리 사진작가가 2년 후에 인도 왕국을 가로지르는 흥미로운 여행을 하면서 확인한 사실이다.

'보디 나무'는 매우 오랜 세월 동안 이 광장에 그늘을 제공해 준 성스러운 인도 보리수들의 마지막 세대를 대표하는 종교적인 이름이었다. 그 첫 나무는 그리스도가 태어나기 500년 전에 심어졌다고 한다. 그 발치에서 경배하는 맹신도들을 위해 부처가 이 장소의 나무까지도 신성화한 것 같다. 나무는 지금도 아주 오래된 벽돌로 된 사원 바로 옆, 무너져 가는 테라스에 우뚝 서 있다.

몇천 명의 인도 사람들 한가운데 출현한 세 명의 유럽 사람들이 고운 시선을 받을 리 없었다. 아무도 우리에게 말을 걸지 않았고, 우리는 사원의 폐허 속으로 들어가기는커녕 테라스까지 갈 수도 없었다. 게다가 순례자들로 혼잡했으며, 그 가운데서 길을 트기가 어려웠다.

"여기에 브라만이 있었다면, 우리 방문은 더 완벽해질 수 있었을 겁니다." 뱅크스가 말했다. "그리고 우리는 아마도 주요 건물을 속속들이 방문할 수도 있었겠죠."

"뭐라구요!" 내가 대답했다. "승려가 신자들보다 덜 엄격하다구요?" "친애하는 모클레 씨." 뱅크스가 대답했다. "몇 루피를 준다면 그 앞에 엄격한 것은 없답니다. 어찌 되었든, 브라만은 있어야 하지만요."

"저는 꼭 브라만이 존재해야 하는지 그 필요를 모르겠습니다." 호드 대위가 대답했다. "인도 사람들에게 자신들의 풍속, 편

견, 관습, 숭배의 대상, 그리고 그들이 당연히 브라만들에게 허용한 관용에 대해서 가르치지 않는 것은 잘못된 것이지요."

지금, 그에게 인도는 단지 광대한 '예약된 사냥터'일 뿐이었다. 그는 확실히 도시나 시골의 사람들보다는 정글의 사나운 육식동물을 선호했던 것이다.

성스러운 나무 발치에서 적당히 멈춰 선 후, 뱅크스는 우리를 다시 가야를 향한 길로 인도했다. 성스러운 도시에 가까워질수록, 순례자 무리는 점점 늘어났다. 곧이어 수풀이 우거진 공터 속에서, 장관을 이루는 건축물들로 둘러싸인 바위 꼭대기 위에 가야가 그 위용을 드러냈다.

이 장소에서 특히 관광객들의 주의를 끄는 것은 비슈누파드 사원*이다. 이 사원은 홀카르 왕조의 여왕에 의해 몇 년 전에 재건축되었기 때문에 현대적인 건물이다. 가장 흥미로운 점은 비슈누가 악마인 마야와 싸우기 위해 인간으로 지상에 내려온 흔적이 있다는 것이다. 신과 마귀의 싸움이 길게 이어지지 않았다는 점은 의심스럽다. 악마는 패했지만, 비슈누파드 사원 벽의 보이는 돌로 된 블록에 깊이 찍힌 적수의 발자국은 승부가 꽤 힘

---

* 비슈누(Vishnu)는 힌두교의 주요 신으로서, 또 다른 주요 신인 시바처럼 작은 종파의 여러 신들과 지방의 영웅들을 결합한 복합적인 신이다. 오래전부터 비슈누 숭배의 주요 순례지였던 가야의 비슈누파드 사원(1787년 건축)은 길이가 40센티미터에 이르는 비슈누 신의 발자욱이 바위에 새겨진 곳으로, 힌두교도에게만 공개되고 있다.

들었음을 보여 준다. 내가 방금 "보이는 돌로 된 블록"이라고 했는데, "단지 인도 사람들에게만 보이는" 것을 덧붙여야겠다. 유럽 사람들에게는 이 신성한 유적을 바라보는 것이 허용되지 않았기 때문이다. 경이로운 돌들 중에서 신성한 유적을 잘 식별하기 위해서는, 아마도 서구의 신자들과는 더 이상 접촉하지 않는다는 확고한 결심이 필요한 듯하다. 어쨌든 이번에는 뱅크스가 돈을 주었다. 그러나 어떤 사제도 신성모독의 대가를 받지 않았다. 내가 감히 말하자면, 그 금액이 브라만의 의식과 견줄 수 있는 수준의 금액이 아니었기 때문이다. 우리는 여전히 사원 안으로 들어갈 수 없었다. 나는 고대 왕처럼 옷을 입고 있는, 푸른빛의 아름답고 인자한 이 젊은 남자^{비슈누}의 '크기'를 알고 싶었다. 이 남자는 파괴의 근원이자 잔인함을 상징하는 시바에 반대해 보존의 근원임을 자처한다. 비슈누를 숭배하는 비슈누파가 그들의 다신교적인 신화의 근간이 되는 3억 3천만의 신 중에서 제1신으로 인식하는 신이다.

하지만 비슈누파드 사원을 포함해 성스러운 도시로의 소풍을 아쉬워할 만한 곳은 없었다. 무질서한 사원 난립, 이어지는 강물의 흐름, 그리고 비슈누까지 이르기 위해 가로지르거나 돌아가야 하는 비하라 밀집지역을 묘사하기란 불가능하다. 아리아드네의 실을 손에 든 테세우스라도 이 미로에서는 길을 잃어버릴 지경이다! 결국 우리는 가야의 바위를 되돌아 내려왔다.

호드 대위는 화가 단단히 났다. 그는 우리가 비슈누파드 사원에 다가가는 것을 거절한 브라만에게 복수하고 싶어 했다.

"그렇게 생각하세요, 호드?" 뱅크스가 그를 붙잡으며 말했다. "인도 사람들이 그들의 사제인 브라만을 훌륭한 피를 가진 존재들로서뿐 아니라 근본이 우월한 존재들로 바라보는 것을 모르세요?"

가야를 에워싸고 흐르는 팔구 강가에 이르렀을 때, 순례자들이 굉장히 많이 늘어나서 우리 눈앞에 넓게 흩어져 있었다. 거기에서는 남자와 여자, 늙은이와 어린애, 도시 사람과 시골 사람, '바부'라 불리는 부자들과 '라이오'라 불리는 최하층의 가난한 사람들, '바이샤'라 불리는 상인들과 농민들, '크샤트리아'라 불리는 자부심이 강한 무사들, '수드라'라 불리는 여러 종파의 초라한 수공업자들, 법의 테두리 밖에 존재하는 사람들인 불가촉천민들이 모두 뒤섞인 채 스쳐 지나가고 있었다. 또 기운이 센 라지푸트Rājput 사람들*이 허약한 벵골 사람들을 팔꿈치로 밀어내면서 앞으로 나아갔고, 신드Sind 지방의 회교도들과 적대적인 편자브Punjab 지방 사람들도 있었는데, 한 마디로 말해서 인도의 모든 계급과 카스트들이 모여 있었던 것이다. 어떤 사람들은 가

---

* 주로 인도 중부와 북부, 특히 옛 라지푸타나('라지푸트의 영토') 지역에 사는 토지소유자의 집단을 말한다. 크샤트리아(무사 계급)의 후예로 자처하지만 실제로는 왕족 혈통에서부터 농민까지 구성이 다양하다.

마를 타고 왔고, 또 어떤 사람들은 등에 혹이 난 큰 소가 끄는 마차를 타고 이곳에 왔다. 마차를 타고 온 사람들은 대가리가 살무사처럼 생긴 자신들의 낙타가 쉬고 있는 곁에 누워 있었고, 가마를 타고 온 사람들은 걸어서 여행한 것과 별반 차이가 없었다. 아무튼 그들은 인도 반도 구석구석에서 도착했던 것이다. 여기저기에 텐트가 쳐져 있었고, 수레에서 풀린 말과 소가 있었으며, 이 모든 사람들의 임시 거처로 나뭇가지로 지어진 오두막집들이 널려 있었다.

"정말 혼잡스럽군!" 호드 대위가 말했다.

"팔구 강의 물을 해질녘에는 마시기 어렵겠어요." 유심히 바라보던 뱅크스가 말했다.

"왜죠?" 내가 물었다.

"이 물은 저 사람들에겐 신성한 것이기 때문에, 갠지스 강에서 사람들이 그렇게 하는 것처럼, 저들도 모두 팔구 강에서 목욕을 할 테니까요."

"그럼 우리가 아래쪽에 있는 건가요?" 호드가 손으로 우리 야영지를 가리키며 외쳤다.

"아니에요, 대위님. 안심하십시오. 우리는 위쪽에 있습니다." 엔지니어가 대답했다.

"다행이군요, 뱅크스! 오염된 물을 우리의 강철거인에게 주어서는 안 되죠!" 그렇지만 우리는 무척 제한된 공간에 밀집된 이 수많은 인도인들 한가운데를 지나고 있었다.

조화를 이루지 못하는 방울 소리와 사슬 소리가 귓전을 때리고 있었다. 거지들이 사람들에게 자비를 호소하는 소리였다.

거기에는 인도 반도 전체에 있는 수많은 거지들이 우글거리고 있었다. 그들 중 대부분은 중세의 집시거지처럼 거짓 상처를 과시하고 있었다. 직업적인 거지들은 대부분 가짜 불구자인 반면, 광신도는 아니다. 사실 그들에게 종교적으로 더 많은 확신을 가지도록 하는 것은 어려운 일이기도 했다.

'파키르'가난한 자'란 뜻의 아랍어로, 회교와 힌두교에서 쓰이는 말와 '구사인'들이 거의 벌거벗은 채 재를 뒤집어쓰고 거기 있었다. 오랜 시간 긴장된 채 있던 구사인들의 팔 근육은 경직되어 있었고, 파키르들은 자신의 손톱이 손을 관통하도록 내버려 두고 있었다.

또 다른 사람들은 출발할 때부터 지금까지 온 길을 자신들의 몸으로 측정해 보는 일을 자신에게 부과하기도 했다. 길바닥에 누웠다가 다시 일어나고, 또 눕는 것을 반복하면서 마치 자신들이 측량사가 가지고 다니는 줄자인 양 수백의 장소를 그렇게 측정했다.

'항'——대마 차와 섞은 아편액——에 취한 신도들은 자신들의 어깨에 깊숙이 박힌 쇠갈고리에 의해 나뭇가지에 매달려 있었다. 그들은 육체가 매우 허약해질 때까지 매달린 채 나무에서 대롱거리다가 결국 팔구 강에 떨어졌다.

한편 다른 사람들은 화살이 다리를 꿰뚫고, 혀에 구멍이 뚫린 채 그 상처에서 흐르는 피를 뱀이 핥도록 내버려 두고 있었는데, 그것은 시바의 영광을 위해서였다.

유럽인의 시각에서 이 모든 광경은 매우 역겹기만 한 것이었다. 그래서 내가 빨리 지나치려고 하는데, 뱅크스가 나를 갑자기 멈춰 세우곤 말했다.

"지금은 기도 시간이에요!"

그때 브라만이 군중들 한가운데 나타났다. 그는 오른손을 들어서 가야의 바위 산괴가 그때까지 숨기고 있던 태양을 향해 팔을 뻗었다.

눈부신 천체에 의해 비춰진 첫번째 광선이 신호였다. 그러자 거의 벌거벗은 군중들이 신성한 물에 들어갔다. 단순히 침수하는 행동은 기독교 초기에 세례가 행해지던 모습과 같았다. 그러나 그들이 곧 잠수를 함으로써 강물의 한 부분으로 바뀌었기 때문에, 그 종교적인 성격을 알아채기는 어려웠다. 심오한 교리를 전수받은 사람들이 '슬로카스'라 불리는 구절을 읊으면서 영혼보다 육체를 더 깨끗이 씻는다고 생각했던 반면, 사제들이 그들에게 그런 구절을 받아쓰게 했던 것은 의례적인 희생을 위한 것이었다. 그들은 손바닥으로 물을 움켜쥐고는 그것들을 사방에 뿌린 뒤, 해수욕장 모래사장에 도달하는 첫 파도를 즐기는 해수욕객들처럼 자신들의 얼굴에 몇 방울 물을 뿌렸다. 또한 그들은 자신이 저지른 각각의 죄를 빌기 위해 머리카락을 적어도 하나씩 뽑는 것을 잊지 않았음을 덧붙여야겠다. 팔구 강물에서 나올 때는 얼마나 많은 사람들이 대머리가 될 것인가!

신도들은 해수욕을 하는 사람들처럼 물에서 뛰놀았는데, 갑작스럽게 잠수를 해서 물을 탁하게 하기도 했고 노련한 수영선수처럼 발뒤꿈치로 물을 치기도 했기 때문에, 놀란 악어들이 강 건너편으로 도망을 가 버렸다. 악어는 거기에서 자신들의 영역을 침범한 시끄러운 군중들에게 청록색 눈을 고정시키고 무시무시한 턱을 딱딱 부딪치는 소리를 내면서 줄지어 그들을 바라보고 있었다. 게다가 순례자들은 그런 악어들을 마치 공격적이지 않은 도마뱀을 바라보듯 아무런 걱정도 하지 않았다.

이제 이 기이한 신자들이 브라마의 천국인 '카일라스'에 들어가는 상태가 되도록 내버려 둬야 할 시간이 되었다. 우리는 야영지에 합류하기 위해 팔구 강어귀를 다시 올라갔다.

점심식사 시간에는 우리 모두가 함께했고, 극심하게 더웠던 오후는 별 사건 없이 지나갔다. 호드 대위는 저녁 무렵에 근처 평야에 사냥을 나섰고, 사냥한 짐승을 몇 마리 들고 돌아왔다. 그 시간에 스토르, 칼루트, 그리고 구미는 연료와 물을 저장했고, 화덕에 연료를 채워 넣었다. 다음날 일찍 출발할 예정이었기 때문이다.

밤 아홉 시가 되었을 때, 우리 모두는 각자 자신의 방에 들어갔다. 매우 조용하지만 꽤나 어두운 밤이었다. 두꺼운 구름이 별들을 숨겼고 대기를 무겁게 짓누르고 있었다. 해가 졌는데도 강한 열기는 전혀 사라지지 않았다.

기온이 너무 높아 숨이 막혀서 나는 잠을 이룰 수가 없었다. 규칙적으로 움직이는 폐와 전혀 어울릴 것 같지 않은 몹시 뜨거운 바람만 열어젖힌 창문을 통해 들어왔다.

단 한순간도 제대로 쉬지 못한 채 자정이 되었다. 나는 어쨌든 출발하기 전에 서너 시간이라도 자려고 잠을 청해 봤자 소용없었다. 오히려 잠이 완전히 달아나 버렸기 때문이다. 의지만 가지고 할 수 있는 것은 아무것도 없었다.

팔구 강어귀를 따라 퍼지는 낮은 속삭임을 들었을 때는 이미 새벽 한 시쯤 되었던 것 같다.

나는 전기로 가득한 대기의 지배 아래 서쪽으로부터 폭풍이 몰아치기 시작한다고 생각했다. 폭풍은 불타는 듯하겠지만, 결국에는 공기층을 이동시켜서 숨을 쉴 수 있도록 할 것이다.

내가 착각했다. 야영지를 보호해 주는 나무의 크고 잔 가지들은 조금도 움직이지 않고 있었기 때문이다.

나는 창문이 열린 틈으로 머리를 내밀고 들었다. 아무것도 볼 수는 없었지만, 멀리에서 속삭이는 소리가 여전히 들려오고 있었다. 팔구 강의 수면은 완전히 어두웠고, 수면을 움직이게 하는 흔들거리는 그림자도 전혀 없었다. 소리는 물이나 공기 중에서 나는 것이 아니었다. 하지만 나는 아무 수상쩍은 것도 알아챌 수가 없었다. 결국 다시 누웠고, 너무 피곤했기 때문에 깜박 졸기 시작했다. 얼마의 간격을 두고 이 알 수 없는 속삭임이 간헐적으로 들려 왔으나, 나는 완전히 잠이 들어 버렸다.

두 시간 후, 어둠을 뚫고 새벽의 첫 하얀 빛이 미끄러져 들어오는 순간에 나는 갑자기 잠에서 깼다.

사람들이 엔지니어를 부르고 있었다.

"뱅크스 씨?"

"왜 그럽니까?"

"일단 좀 와보세요." 막 복도에 들어선 기계공과 뱅크스의 목소리가 들렸다. 나는 급하게 일어나서 내 방을 나섰다. 뱅크스와 스토르는 이미 앞쪽의 베란다에 있었다. 먼로 대령이 나보다 앞섰고, 곧 호드 대위도 우리와 합류했다.

"무슨 일입니까?" 엔지니어가 물었다.

"저기 좀 보십시오." 스토르가 대답했다.

이제 막 생겨난 몇 줄기 빛을 통해 팔구 강 어귀와 우리 앞에 여러 마일에 걸쳐 펼쳐진 길의 한 부분을 관찰할 수 있었다.

몇백 명의 인도 사람들이 그룹을 지어 강둑과 길을 막고 땅바닥에 누워 있는 것을 알아본 우리는 크게 놀랐다.

"어제의 그 순례자들이군요." 호드 대위가 말했다.

"저 사람들이 저기서 뭐 하는 겁니까?" 내가 물었다.

"저들은 성스러운 물에 뛰어들기 위해 해가 뜨기를 기다리고 있는 게 확실해요." 대위가 대답했다.

"그렇지 않습니다." 뱅크스가 대답했다. "저들이 가야에서 목욕재계를 할 수 없겠습니까? 여기에 온 것은 바로……."

"바로 우리의 강철거인이 창출하는 통상적인 효과군요!" 호드 대위가 소리쳤다. "그들은 지금까지 결코 본 적이 없는 거대한 코끼리가 주변에 있다는 사실을 알게 되었기 때문에, 코끼리를 숭배하기 위해 여기에 온 겁니다!"

"그들이 다만 코끼리에게 숭배하는 것으로 만족하면 좋으련만!" 엔지니어가 머리를 흔들면서 대답했다.

"뭘 두려워하나, 뱅크스?" 먼로 대령이 물었다.

"그러니까! 이 맹신도들이 길을 막아 버리거나 우리가 나아가는 것을 방해할까 봐 걱정스럽다는 걸세."

"어쨌든 조심합시다! 이런 종류의 맹신자들 앞에서는 미리 대비할 수도 없습니다."

"사실이 그렇다는 말입니다." 뱅크스가 대답했다. 그리고 운전사를 부르며 다음과 같이 물었다.

"칼루트, 불은 준비되었나?"

"네, 선생님."

"그렇다면 불을 붙이게."

"네. 불을 붙이게, 칼루트!" 호드 대위가 소리쳤다. "불을 지피게, 칼루트. 우리 코끼리가 이 모든 순례자들 면전에 연기와 증기를 내뿜겠군!"

그때 시간이 새벽 세 시 반이었다. 기계가 압력을 받기 위해서는 기껏해야 삼십 분이 필요했다. 곧이어 불이 붙었고, 화덕에서 나무가 탁탁 소리를 내며 탔다. 거대한 코끼리 코의 끝은 커다란 나무의 가지 속에 사라져서 보이지 않았는데, 거기에서 검은 연기가 분출되었다.

그때, 몇 무리의 인도 사람들이 다가왔다. 군중 속에서 움직임이 생겼다. 우리 기차에 더 가깝게 다가오게 되었다. 순례자들중에 맨 앞에 선 사람들은 허공을 향해 팔을 들고는 코끼리를 향해 팔을 펼쳤다. 그리고 허리를 구부리더니 무릎을 꿇고, 이어서땅 먼지에 닿을 때까지 엎드려 절했다. 그들이 할 수 있는 한 가장 높은 지점까지 코끼리를 숭배하고 있었던 것이 확실하다.

먼로 대령, 호드 대위 그리고 나는 베란다에서 언제 이 광신적인 행위가 멈춰질지 꽤나 걱정스럽게 바라보고 있었다. 맥닐도 우리에게 합류해서는 조용히 바라보았다. 뱅크스는 스토르와 함께 거대한 코끼리를 그의 생각대로 조작할 수 있는 망루 속에 있었다.

네 시에 보일러가 부르릉거렸다. 인도 사람들에게는 이 부르릉거리는 소리가 초자연적인 이치에 의해 성난 코끼리가 으르렁거리는 소리로 들렸을 것이다. 바로 그때, 압력계는 5기압의 압력을 가리키고 있었고, 스토르는 마치 거대한 코끼리의 피부에서 발산되는 것처럼 증기가 밸브를 통해 빠져나오도록 내버려 두었다.

"군중이 우리를 압박하고 있네, 먼로!" 뱅크스가 소리쳤다.

"앞으로 나가게, 뱅크스." 대령이 대답했다. "하지만 조심해서 가고, 아무도 다치게 해서는 안 되네!" 이제 거의 날이 밝아 있었다. 팔구 강어귀의 길은 독실한 신자들로 구성된 군중에 의해 완전히 점령되어서 우리가 앞으로 나아갈 공간은 거의 없었다. 이런 상황에서 앞으로 나아가기는 하되, 아무도 치어 죽이지 않기란 쉬운 일이 아니었다. 뱅크스가 두세 번 휘파람을 불자, 순례자들은 열광적인 아우성으로 대답했다. "옆으로 비키시오! 옆으로 비키시오!" 기계공에게 조절장치를 조금 열라고 명령하면서 엔지니어가 소리쳤다. 실린더에서 급하게 움직이는 증기의 노호하는 소리가 들려왔다. 바퀴가 180도 돌고 나서 기계가 움직이기 시작했다. 코끼리의 코에서 하얀 연기가 강하게 분출되었다. 그러자 군중이 한순간 물러섰다. 조절장치는 반이나 열렸다. 강철거인의 날카로운 소리가 더욱 커졌고, 우리 열차는 자리를 내주기 원치 않는 것같이 빽빽이 들어선 인도 사람들 사이에서 움직이기 시작했다. "뱅크스, 조심해요!" 내가 갑자기 외쳤다. 베란다 밖으로 몸을 기울이고 있던 내가 무거운 기계의 바퀴 밑에 깔리려는 의도로 도로에 뛰어드는 열두어 명의 광신자들을 봤기 때문이었다. "조심해요! 조심하라구요! 물러서세요." 먼로 대령이 그들에게 다시 일어서라는 신호를 보내면서 말했다.

"이런 멍청한 사람들을 봤나!" 이번에는 호드 대위가 소리쳤다. "그들은 우리 기계를 자간나타의 수레로 여기는 겁니다! 그래서 자신이 신성한 코끼리 다리 밑에서 으깨지기를 원하는 겁니다!"

뱅크스의 신호로 기계공이 증기 주입을 멈추었다. 길에 누워 있는 순례자들은 다시 일어나지 않기로 작정한 모양이었다. 그들 주위로 열광한 군중은 소리를 내지르고 있었으며 몸짓으로 그들을 독려하고 있었다.

기계가 멈췄다. 뱅크스도 더 이상 어떻게 해야 할지 몰랐고 매우 당황스러워했다. 그에게 갑자기 아이디어 하나가 떠올랐다. "자, 보십시오!" 그가 말했다. 귀를 찢는 듯한 기적소리가 허공에 울려 퍼지는 동안, 뱅크스는 실린더의 배출장치 밸브를 열어 강한 증기가 평평한 땅바닥에 분출되게 했다. "우아! 만세! 만세!" 호드 대위가 소리쳤다. "그들에게 휘몰아치세요, 뱅크스, 휘몰아치세요!" 그 방법은 훌륭했다. 광신도들은 뜨거운 증기 분출에 데어서 소리를 지르면서 일어섰다. 치어 죽는 것은 좋다! 그러나 타 죽는 것은 아니었던 것이다! 군중이 뒤로 물러섰고 길이 뚫렸다. 이제 조절장치가 많이 열렸고, 바퀴는 바닥 깊숙이 파고들었다. "앞으로 갑시다! 앞으로!" 호드 대위가 박수를

치고 즐겁게 웃으며 소리쳤다. 얼이 빠진 군중들의 눈에, 도로 위를 곧바로 달리는 빠른 열차, 강철거인은 환상적인 동물처럼 증기 구름 속으로 곧 사라졌다.

바라나시에서의 몇 시간

스팀하우스 앞에 대로가 펼쳐졌는데, 이 길은 사사람Sasaram, 인
도 북동부 비하르 주의 도시을 통과해서 갠지스 강 우안右岸에 있는 바
라나시Varanasi 정면으로 우리를 인도할 것이었다.

야영지로부터 1마일을 간 후, 스팀하우스는 시속 30리유 정
도로 속도를 늦췄다. 같은 날 저녁에 가야로부터 250리유를 가
서 야영을 하고, 사사람의 작은 도시 근교에서 조용하게 밤을 보
내는 것이 뱅크스의 계획이었다.

일반적으로 인도의 도로는 가능하면 다리가 필요한 물길을
피해서 건설된다. 충적토로 이루어진 토양 위에 다리를 세우는
것은 비용이 꽤나 많이 들기 때문이다. 또한 길을 가로막는 하천
이나 강에는 다리를 세우기에는 불가능한 장소가 너무 많다. 대
신 그곳에는 바닥이 평평한 배가 있기는 했다. 그러나 그 배는
너무 낡고 구식이어서 우리 열차를 옮기기에는 충분치 못했다.
우리가 그곳을 지나올 수 있었던 것은 정말이지 매우 다행한 일
이었다.

정확히 말해 그날 우리는 '손'이라는 꽤 큰 물길을 넘어야 했
다. 코풋과 코일의 지류를 통과해 로타스보다 북쪽에서 물이 흘

러 들어오는 이 하천은 아라와 디나푸르 사이에서 갠지스 강으로 이어진다.

이렇게 통과하는 것보다 더 용이한 방법은 없었다. 코끼리가 아주 자연스럽게 수중 추진체로 변신했다. 이어서 경사가 완만한 강둑을 내려가서는 강물에 들어갔다. 그리고는 수면에 떠서 움직이는 바퀴의 회전판처럼 코끼리의 커다란 발이 물을 헤치며 뒤따르는 객차를 조심스럽게 끌고 나아갔다.

호드 대위가 기쁨을 감추지 못했다.

"굴러다니는 집이라!" 그가 소리쳤다. "증기 기차인 동시에 증기선인 집이라!" "부족한 것은 장소를 뛰어넘기 위해서 비행하는 기계로 변신하기 위한 날개뿐이군!"

"그것도 언젠가는 이루어질 겁니다, 호드 친구." 엔지니어가 진지하게 대답했다.

"나도 잘 알고 있어요, 뱅크스 친구." 대위가 역시 심각하게 대답했다. "모든 것이 이루어질 겁니다! 하지만 이루어지지 못하는 것은 바로 우리가 그런 놀라운 것들을 보기 위해 200년이 지나까지 존재하지는 못할 것이라는 점이지요! 인생이 항상 즐거운 것은 아니지만, 할 수만 있다면, 내 순수한 호기심을 채우기 위해 10세기 동안 살아남는 것에도 기꺼이 동의할 겁니다!"

가야에서 출발한 지 열두 시간이 지난 저녁때, 손 강의 바닥으로부터 80피트 위에 세워진 멋진 파이프 철교를 통과한 후,

우리는 사사람 근교에서 야영했다. 그곳에서는 단지 나무와 물을 공급하기 위해서 하루 저녁을 지내는 것이었으며, 다음 날 동틀 무렵에는 다시 떠날 예정이었다.

이러한 프로그램은 전술 단계에서 실행되어서, 다음 날인 5월 22일 아침, 불타는 듯한 정오의 태양이 떠오르기 전에 우리는 길을 떠났다.

그 지역은 매우 부유하고 경작이 잘되고 있다는 점에서는 늘 똑같았다. 또 갠지스 강의 경이로운 계곡 곁에 있었다. 거대한 논 한가운데서, 잎이 무성하게 우거져서 둥근 천장 모양을 이룬 종려나무 숲 사이에서, 또 망고나무들과 멋들어진 모습을 한 나무 그늘 아래에서, 수많은 마을들이 자취를 감추어 가는 것에 대해 모두 설명하는 것은 어렵다. 게다가 우리는 멈추지도 않았다. 우리 열차는 가끔씩 등에 혹이 있는 소가 느린 걸음으로 끄는 수레 때문에 길이 가로막힐 때면, 두세 번의 기적소리를 내서 수레가 비켜나게 했고, 크게 놀라 우리를 바라보는 라이오들을 지나쳤다.

그날 내내 나는 꽤 많은 수의 장미꽃밭을 바라보는 매혹적인 즐거움을 만끽했다. 우리가 가지푸르Ghazipur, 바라나시 북동쪽 갠지스 강변의 도시라는 곳에서 멀리 있지 않았기 때문인데, 그 도시는 장미꽃을 원료로 원액과 향수를 생산하는 중심지였다. 그래서 뱅크스에게 향수제조 분야에서 결정적인 기술로 보이는, 이미 많이 연구된 이 생산물에 대해 뭔가 말해 달라고 청했다.

"자, 그럼 당신에게 이것을 생산하는 데 얼마나 많은 비용이 드는지 그 총액을 말씀드리지요." 뱅크스가 나에게 대답했다. "30파운드의 장미수를 얻기 위해서 먼저 40파운드의 장미꽃을 은근한 불에서 천천히 증류합니다. 이 원액을 다시 40파운드의 꽃에 붓고, 혼합물이 20파운드로 줄어들 때까지 증류시킵니다. 이어서 이 혼합물을 선선한 저녁공기에 열두 시간 동안 노출시키면, 다음날, 표면이 응고된 1온스의 향유를 발견하게 되는 겁니다. 20만 송이에 해당하는 장미꽃 80파운드로부터 결국 1온스의 향수를 뽑아내는 것이지요. 그야말로 학살하는 겁니다! 생산지에서조차 장미 원액 가격이 온스당 40루피 또는 100프랑이라니 놀라지 않을 수가 없지요."

"저기요!" 호드 대위가 말했다. "브랜디 1온스를 생산하는 데도 80파운드의 포도가 필요하답니다. 그 비싼 술에 그로그를 넣는 이유지요."

그날 하루 동안, 우리는 갠지스 강의 지류 중 하나인 카람나카를 통과했다. 힌두교도들은 이 순전한 하천을 아무도 항해하지 않은 스틱스 강그리스 신화에서 이승과 저승을 나누는 강으로 여겼다. 이 하천의 강가는 사해나 요단 강변처럼 저주받아 있었다. 이 하천에 맡겨진 시체들은 브라만의 지옥까지 곧바로 운반되는 것이다. 이런 종류의 믿음에 대해서 논의하지는 않겠지만, 이 악마

같은 하천의 물맛이 이상하다거나 위장에 해로울 것이라고 생각할 필요는 없다. 그 물맛은 탁월하기 때문이다.

거의 아무런 사고가 없었던 지역을 관통한 그날 밤, 거대한 양귀비밭과 바둑판 형태의 드넓은 논 사이에서, 우리는 고대 힌두교의 예루살렘 격인 갠지스 강 우안의 성스러운 도시 바라나시에 야영했다.

"24시간 동안 휴식합니다!" 뱅크스가 말했다.

"우리가 캘커타로부터 얼마나 멀리 떨어져 있는 게요?" 내가 엔지니어에게 물었다.

"약 350마일 정도 됩니다." 그가 나에게 대답했다. "친애하는 친구여, 우리가 지나쳐 온 거리와 도로에서 당신은 피곤함을 전혀 느끼지 못했다고 고백해야 할 겁니다."

갠지스 강! 이 강의 이름은 시처럼 아름다운 전설로 여겨지는 한편, 인도 자체를 요약해 주는 것은 아닐까? 500리유에 달하는 아주 넓은 범위에 걸쳐 흐르며, 1억 명 이상의 주민들이 사는 공간을 지나치는 웅장한 물줄기를 가진 계곡과 견줄 수 있는 것이 세상에 또 있을까? 아시아에 사람들이 출현한 이래, 이보다 더 경이로운 것들이 밀집된 곳이 지구상에 또 있을까? 다뉴브 강에 대해서 그렇게도 자랑스럽게 노래했던 빅토르 위고가 갠지스 강을 노래할 수도 있었을 것을! 그렇다! 다음과 같은 구절을 통해 소리 높여 말할 수 있었으리라.

…… 바다의 물결이 넘실거리는 것처럼,

뱀처럼 사람들이 지구 위에서 똬리를 틀 때,

그리고 사람들이 떠돌 때,

서양에서 동양으로!

그러나 갠지스 강이 넘실거릴 때나 태풍을 만났을 때는 유럽의 강에서 일어나는 폭풍보다 더욱 견디기 힘들다! 시에서 묘사되듯이 세상에서 가장 아름다운 지방에 있는 갠지스 강 역시 뱀처럼 똬리를 튼다! 또한 서쪽에서 동쪽으로 흐른다! 그렇지만 갠지스의 원천이 몇몇 구릉의 보잘 것 없는 숲 속에 있는 것은 아니다! 이것은 세상에서 가장 높은 산맥들로부터, 바로 티베트 산맥으로부터 지나치는 모든 지류들을 흡수하면서 점점 빨라진다! 바로 히말라야로부터 흘러내리는 것이다!

다음 날인 5월 23일, 태양이 떠오를 무렵, 넓디넓은 수면이 우리 눈앞에 어른거렸다. 하얀 모래 위에 있는 커다란 악어 떼는 그날에 비치는 첫 햇빛을 머금고 있는 것 같았다. 브라마Brahmā*의 가장 충실한 이단 교도들처럼 악어 떼는 빛나는 태양을 향해 몸을 돌린 채 꿈쩍하지 않고 있었다. 하지만 둥둥 떠서 지나치

---

* 인도 후기 베다 시대의 힌두교 주요 신의 하나. 우주의 궁극적 실재로서 중성(中性)인 브라만과 달리 남성으로 표현되는 신이다.

는 몇몇의 시체가 악어 떼를 명상으로부터 끌어냈다. 물결이 실어 가는 이 시체들 중에서, 물 위에 등을 대고 떠내려가면 남자이고, 가슴을 대고 떠내려가면 여자라고 했다. 그리고 나는 이런 말이 전혀 믿을 만하지 못하다는 것을 관찰을 통해 확인할 수 있었다. 잠시 후, 거대한 악어들은 반도의 물결이 매일 제공하는 먹이를 향해 달려들어서는, 강물 속 깊은 곳으로 먹이를 가지고 들어갔다.

캘커타의 철도는, 알라하바드에서 북서쪽의 델리를 향하거나 남서쪽의 봄베이를 향하는 두 갈래로 나뉘기 전에, 갠지스 강의 우안을 따라 계속되었는데 그럼으로써 수많은 굴곡을 피해 곧게 나아갈 수 있었다. 우리가 있는 곳으로부터 겨우 몇 마일 떨어진 곳인 모굴-세라이 역에 작은 분기점이 있었는데, 강을 가로질러 바라나시로 통하는 길과 고마티 계곡을 따라 약 60여 킬로미터 떨어진 자운푸르Jaunpur, 바라나시 북서쪽 고마티 강 양안에 위치한 도시까지 가는 길로 나뉘었다.

그러니까 바라나시는 강의 좌안에 있다. 그러나 이곳은 우리가 갠지스를 건너야 하는 지점은 아니었다. 우리가 건널 곳은 알라하바드였다. 그래서 강철거인은 전날인 5월 22일 저녁에 야영지로 선택한 곳에 머물렀다. 강가에는 곤돌라가 밧줄에 매어 있었고, 내가 정성을 들여 방문하고 싶었던 성스러운 도시로 우리를 인도할 준비가 되어 있었다.

먼로 대령은 자신이 그렇게 자주 방문했던 도시들을 둘러 보려고도, 알려고도 하지 않았다.

그러나 그날은 우리와 동행하는 것을 잠시 고려했다. 숙고 끝에 그는 맥닐 중사와 함께 강가에 산책을 나가기로 결정했다. 사실, 그 둘은 우리가 스팀하우스를 떠나기도 전에 길을 나섰다. 이미 바라나시의 주둔군을 파악한 호드 대위는 몇몇 동료들을 만나러 가고자 했다. 뱅크스와 나만이 ── 엔지니어는 나의 가이드로 자처했다 ── 도시를 향한 호기심을 가지고 있었다.

호드 대위가 바라나시의 주둔군을 파악했다고 내가 말했지만, 힌두교 중심지에는 관습적으로 영국군이 주둔하지 않는다는 사실도 알아 둬야 한다. 그들의 병영은 완전히 영국 도시가 된 '부대' 한가운데 위치하고 있다. 알라하바드, 바라나시, 그리고 다른 곳에서도, 병사들뿐 아니라, 간부들, 상인들, 연금생활자들 역시 자신들의 선호도에 따라 모여 살았던 것이다. 그러므로 각각의 대도시는 이중으로 구성되어 있었는데, 한쪽은 근대 유럽의 안락함이 있는 곳으로, 또 한쪽은 지역색을 간직한 채 힌두교의 풍습과 그 지역의 관습을 유지하고 있었다!

바라나시에 병합된 영국식 도시는 세크롤인데, 그곳에 있는 방갈로라든가, 큰길, 기독교 교회는 방문하고픈 흥미를 거의 끌지 못했다. 거기에는 또한 여행객들이 찾는 주요 호텔들이 있었다. 완전히 만들어진 도시 중 하나인 세크롤은 영국의 제조업자들이 막대한 자본을 가지고 날림으로 지은 도시로, 돌아다니지 않고도 도시의 초기 모습을 찾을 수 있는 그런 곳이었다. 방문하고픈 아무런 호기심도 유발하지 않았다. 곤돌라에 올라탄 후 뱅크스와 나는 갠지스 강을 비스듬히 가로질렀는데, 높은 강둑 위에 바라나시가 펼쳐 보이는 멋진 원형 무대가 보였다.

"바라나시는 인도의 순례도시의 전형이지요." 뱅크스가 나에게 말했다. "힌두교의 메카이고, 불과 24시간만 머물렀다 하더라도 거기에 머문 누구나 영원한 종교적 지복을 누린답니다. 브라마가 세속적인 의무를 면제시킨 이 도시가 신심이 아주 깊은 순례자들까지도 흥분시킬 수도 있고, 수많은 거주자들은 이 도시의 성스러움에 빠져듭니다."

바라나시는 30세기가 넘는 세월 동안 존재해 온 것으로 알려져 있다. 그러니까 이 도시는 대략 트로이가 사라지던 시대에 창건된 것이다. 힌두스탄의 정치적인 영향이 아닌 영적인 영향을 크게 받은 후, 바라나시는 9세기까지 권위가 가장 강한 불교 중심지였지만, 종교개혁이 이루어졌다. 브라만교가 옛 예배 예식을 붕괴시킨 후, 바라나시는 브라만교의 수도가 되었고, 신도들을 끌어모으는 중심지가 되었다. 그래서 매해 30만 명의 순례자들이 바라나시를 방문하고 있다.

바라나시 당국은 이 성스러운 도시에 독립영주가 여전히 존재할 수 있도록 했다. 영국 정부가 제공하는 빠듯한 월급을 받는 왕자는 갠지스 강의 람나구르에 있는 멋진 거주지에 산다. 그는 바라나시의 옛 이름인 카시 왕가의 순수한 혈통이지만, 지금은 아무런 영향력도 행사하지 못한다. 또한 그의 연금 수당은 과거 대부호의 용돈 정도밖에 되지 않는 1락 루피, 다시 말해서 10만 루피에 해당하며, 25만 프랑에 준하는 액수로 금액이 줄지 않는 것만으로도 마음을 달래야 하는 처지이다.

갠지스 계곡의 다른 모든 도시들처럼, 바라나시 역시 1857년에 일어난 폭동세포이 항쟁의 영향을 받았다. 그 시기의 주둔군은 37보병연대였으며, 비정규군으로서 행정적으로 독립된 기병부대가 있었고, 시크교도로 구성된 작은 연대가 있었다. 영국군은 유럽인으로만 구성된 포병중대가 반을 차지했다. 이렇게 적은 수의 군인들만으로 원주민 군사들에게 무장해제를 주장할 수는 없었다. 또한 당국은 영국군 10연대와 함께 알라하바드로 오고 있는 닐 대령이 도착하기를 목을 빼고 기다리고 있었다. 닐 대령은 바라나시에 단 250명의 병사와 함께 도착했고, 연병장에서 행진이 이루어졌다.

인도인 용병들이 재조직되었을 때, 그들에게 무기를 버리라는 명령이 떨어졌다. 그러나 그들은 거부했다. 인도인 용병들과 닐 대령의 보병 간에 전투가 벌어졌다. 곧이어 비정규군인 기병과 자신들이 배신당했다고 생각했던 시크교도들이 이 폭군들과 합세했다. 포병중대에서는 포문을 열었고, 폭도들의 총탄이 뒤덮였다. 그러나 그들의 용기와 악착스러움에도 불구하고 모두가 패해 도망쳤다.

이 전투는 도시 밖에서 벌어졌다. 도시 내부에서는 곧 실패로 끝난, 회교도들이 초록색 깃발을 게양하려는 시도를 한 단순한 봉기가 있었다. 그날로부터 폭동 기간 내내 서쪽 지방에서 폭동이 승리한 듯했던 때조차도, 바라나시는 혼란을 겪지 않았다.

우리가 탄 곤돌라가 갠지스 강 위를 천천히 미끄러져 나가는 동안, 뱅크스가 나에게 이런 자세한 이야기를 해주었다.

"친애하는 친구여!" 그가 나에게 말했다. "우리는 곧 바라나시를 관광할 겁니다. 그렇지만 그토록 오래된 이 도시에서 300년 이상 된 건축물을 찾아내지는 못할 겁니다. 너무 놀라지는 마세요. 그건 바로 종교전쟁의 결과지요. 전쟁 때 철과 포탄이 너무나 유감스러운 역할을 담당했기 때문이랍니다. 어쨌든 그렇다고 해서 바라나시라는 도시에 대한 호기심이 덜해지는 것은 아니고, 당신이 이 산책을 후회하지는 않을 겁니다."

곧이어 곤돌라는 나폴리 만처럼 밑바닥이 푸른 만에 멈췄다. 그곳에서는 구릉 위에 층을 이루고 있는 집들의 경치가 원형 무대를 이루고 있는 것과, 층층이 쌓인 궁전들의 버팀벽이 끊임없이 강물에 침식되고 약화되어 무너져 내릴 것 같은 광경을 바라볼 수 있었다.

부처에게 바쳐진 중국식 건축양식으로 지어진 네팔 탑, 피라

미드의 정점과 첨탑, 회교사원의 첨탑, 그리고 다른 탑들이 회교
사원과 신전에서 불쑥 튀어나와 숲을 이루고 있었다. 또 시바신
의 남근을 상징하는 금빛 화살표와 아우랑제브Aurangzeb, 무굴 제
국의 마지막 대황제, 재위 1658~1707가 세운 회교사원의 가느다란 두
개의 화살표가 이런 놀라운 경치의 백미를 이루고 있었다.

뱅크스는 강물과 강둑이 연결된 운하 중 하나에 있는 정거장
에 내리는 대신, 곤돌라를 맨 아래쪽 층계가 강물에 잠긴 부두
앞을 지나게 했다.

나는 거기서 가야에서 봤던 장면이 다른 정경 속에서 재현되
는 것을 보았다. 팔구 강의 초록빛 숲 대신, 성스러운 도시의 원
경이 그림의 바탕을 만들어 내고 있었던 것이다. 하지만 주제는
대체적으로 동일했다.

수천 명의 순례자들이 강둑과 테라스, 그리고 층계를 뒤덮고
있었으며, 그들은 서너 줄로 서서 경건하게 강물 속에 몸을 담
그기 위해 온 것이다. 이 목욕이 공짜라고 생각해서는 안 된다.
붉은색 터번을 쓰고 옆에는 칼을 찬 간수들이 있었는데, 그들은
'물길로 이어지는' 마지막 층계를 점거한 채 조세를 요구하고 있
었다. 또한 그들은 염주, 부적 또는 다른 신앙도구들을 파는 교
활한 브라만들과 손잡고 있었다. 게다가 자기 자신을 생각해서
목욕하는 순례자들뿐 아니라, 이 성스러운 물을 길어서 반도로
부터 멀리 떨어진 곳까지 행상을 다니는 밀매자들까지 있었다.

보증을 해주듯이, 물이 담긴 각각의 유리병에는 브라만들의 인감이 찍혔다. 어쨌든 이런 사기행위는 광범한 단계에서 이루어지고 있었고, 기적의 액체는 수출까지 되고 있었는데 그것은 막대한 양이었다.

"어쩌면 갠지스의 물 모두를 합해도 신자들의 필요를 충분히 채우지는 못할 거예요!" 뱅크스가 나에게 말했다.

사람들이 그것을 경고하려고 애쓰지는 않지만, 이런 '목욕'을 통해서 사고가 자주 일어나지는 않는지 그에게 물었다. 거기에는 빠른 물살에서 모험을 하는 경솔한 사람들을 구해 줄 수영을 잘하는 사람이 없었기 때문이다.

"사실, 사고가 자주 일어나지요." 뱅크스가 나에게 대답했다. "그러나 경건한 사람이 육체를 잃게 되면, 그의 영혼은 구원받게 됩니다. 그래서 사람들이 그런 것들을 중요하게 생각하지 않는답니다."

"그렇다면 악어는요?" 내가 물었다. "일반적으로 악어들은 조금 떨어진 곳에 머물러 있어요." 뱅크스가 나에게 대답했다. "사람들이 내는 모든 소음들이 악어를 두렵게 하거든요. 사람들을 두렵게 하는 것은 악어가 아니라, 오히려 물속에 미끄러져 들어가서는 여자들이나 아이들을 붙잡고 늘어져서 그들의 보석을 강탈하는 도둑들이랍니다. 언젠가 이런 불량배 중 한 사람에 대한 사람들 이야기를 들었는데, 그는 기계로 머리를 악어처럼 손

질하고 오랫동안 가짜 악어 노릇을 했답니다. 그리고는 경제적으로는 이익이 되지만 위험한 이 직업으로 재산을 꽤나 모았답니다. 그러던 어느 날, 이 침입자는 진짜 악어에게 잡아먹혔고, 그 후에 가죽 피부로 된 머리만 수면에 떠오른 것을 발견했다고 합니다."

게다가 갠지스의 물결에서 자발적으로 죽기 위해 온 광적인 신도들도 있었는데, 그들은 갠지스 강에 어떤 비장함까지 감돌게 했다. 그들은 뚜껑이 열린 빈 유골단지들을 몸 둘레에 염주와 연결시켜 달았다. 조금씩 물이 유골단지들 안으로 흘러들어가고 그들이 천천히 물에 잠기면, 이토록 심신이 깊은 사람들에게 박수갈채가 보내진다.

우리가 탄 곤돌라는 곧이어 '만멘카 가트'* 앞으로 우리를 데려갔다. 거기에는 사후의 삶에 대해 불안해하면서 죽은 사람들을 올려놓는 화형대가 여러 층으로 쌓여 있었다. 신도들이 이 성스러운 장소에서 화장되기를 열망했기 때문에, 화형대는 밤낮을 가리지 않고 타올랐다. 바라나시에서 먼 곳에 사는 부유한 인도 신사들은 그들에게 찾아온 병마가 그들을 용서하지 않고 죽음에 이르게 할 것을 느끼면 곧바로 이곳으로 이동했다. 이론의

---

* 바라나시의 갠지스 강변에는 '가트'(Ghat)라고 하는 100여 개의 계단이 설치되어 있다. 이곳에서 힌두교도들의 목욕과 죽은 이들의 화장이 이루어진다. '만멘카 가트'도 그러한 가트 중 한 곳이다.

여지없이 '다른 세계로 여행'을 떠나는 데는 바라나시가 가장 이상적인 출발지이기 때문이다. 만약 죽은 영혼이 자책할 만한 가벼운 죄만 저질렀다면, 그 영혼은 '만멘카 가트'에서 연기에 실려 곧장 영원한 행복이 있는 곳으로 가게 될 것이다. 반대로 중대한 죄를 저질렀다면, 그 영혼은 태어나게 될 브라만의 육체 속에서 갱생하게 될 것이다. 그러므로 마침내 브라마 세계에서의 환희를 누리기 위해 이 두번째의 삶을 사는 동안, 세번째로 다시 태어나지 않도록 모범이 되는 삶을 살기를 소망해야 한다.

남은 시간에 우리는 도시의 주요 건축물들과 아랍식의 어두침침한 상점가를 따라 늘어선 장터를 방문했다. 거기서는 주로 값비싼 천으로 알려진 고급 모슬린과 바라나시 산업의 주요 생산품 중 하나인 금박 입힌 실크, '킨콥'을 팔고 있었다. 열대의 태양빛이 잘 내려 쪼이고 있었기 때문에, 길은 좁지만 깨끗했다. 그곳은 그늘진 곳이었음에도, 열기로 인해 여전히 숨통이 막혔다. 나는 투덜거리지 않을 것 같은 가마꾼에게 불평했다.

게다가, 몇 명의 불쌍한 불량배들이 몇 루피를 벌 수 있는 기회를 노리고 있었다. 그 몇 루피의 기회가 그들에게 힘과 용기를 주었던 것이다. 인도 사람이라기보다는 매서운 눈초리와 교활한 모습을 가진 벵골 사람이었는데, 별로 숨기려 하지도 않고 산책하는 내내 우리를 쫓았다.

'만멘카 가트'의 부두에 내리면서, 뱅크스와 이야기하던 내가 먼로 대령의 이름을 큰 목소리로 말했던 것이 화근이었다. 우리가 탄 곤돌라에 배를 바싹 대고 바라보던 벵골 사람이 소스라치게 놀랐던 것이다. 이 첩자가 우리를 계속 쫓아다니고 있다는 것을 깨닫게 되었을 때에야, 내가 부주의했던 것이 생각났다. 그 사람은 우리로부터 멀어진 듯하다가도 잠시 후에는 우리 앞이나 뒤에 다시 나타나곤 했다. 그는 과연 친구일까, 적일까? 내가 알 수는 없지만, 틀림없이 먼로 대령이라는 이름에 무관심한 사람은 아닐 것이었다.

가마꾼은 부두에서 아우랑제브가 세운 회교사원으로 올라가는 백 칸짜리 넓은 층계 밑에 멈췄다.

예전에 로마의 신자들이 산타 스칼라Scala santa*에서 그랬듯이, 독실한 신도들은 무릎을 꿇고 계단을 올라갔다. 지금 이곳은 정복자의 회교사원을 대신해서 비슈누가 우뚝 서 있는 힌두교 사원이 되었다.

나는 건축적인 역량을 보여 주는 이 회교사원의 첨탑 위에서 바라나시를 바라보고 싶었다. 탑의 높이는 132피트였지만, 직경은 겨우 단순한 공장 굴뚝만 했으며, 이 원통의 밑부분에서부터 층계가 빙글빙글 돌아 올라가고 있었다. 그러나 탑 위로 올라

---

* '성스러운 계단'이라는 뜻으로 십자가를 지고 골고다 언덕을 올라간 예수의 고난을 기리며 무릎을 꿇고 올라야 하는 계단이다.

가는 것은 더 이상 허용되지 않았는데, 이유가 아주 없는 것은 아니었다. 이미 이 두 첨탑의 사이는 수직으로 현저하게 벌어져 있었고 며칠 후면 무너질 것처럼 보였는데, 피사의 탑보다 오래 서 있지는 못할 것 같았다.

나는 아우랑제브의 회교사원을 떠날 때 문 앞에서 우리를 기다리는 벵골 사람을 또 만났다. 이번에는 내가 그를 뚫어지게 쳐다보았고, 그는 눈을 지그시 내리떴다. 나는 뱅크스에게 이 일에 주의를 기울이도록 하기 전에 이 인물의 애매한 행보가 계속 이어질지를 알고 싶었다. 그래서 아무 말도 하지 않았다.

탑들과 회교사원들이 이 멋있는 도시, 바라나시에 속하는 것은 확실하다. 게다가 이런 화려한 궁전들 중에서 가장 아름다운 것은 말할 것도 없이 나그푸르Nagpur, 인도 서부 마하라슈트라 주 북서부의 도시의 왕이 소유한 궁전일 것이다. 사실 대부분의 독립영주들은 성스러운 도시의 행궁行宮에서 생활하다 '멜라'라는 대규모 종교축제 시기에는 이곳에 온다.

우리에게 허용된 짧은 시간 안에 이런 건축물들을 모두 방문할 수는 없었다. 그래서 시바를 상징하는 남근상이 서 있는 비시누와트 사원을 방문하는 것에 만족했다. 힌두 신화에 등장하는 신 중에서 가장 잔인한 신의 신체의 한 부분인 것 같은 이 돌은 기적적인 위력을 알려 주고, 물이 괴어 썩고 있는 우물을 덮고 있다. 나는 또한 독실한 신도들이 브라만의 가장 큰 이익을 위해서 목욕하는 '만카르니카'라는 성스러운 분수를 보았다. 그리고 악바르Akbar 황제무굴 제국 강성기의 위대한 황제, 재위 1556~1605가 200 년 전에 세운 천문대 '만-문디르'를 보았는데, 대리석으로 고정 된 천문대의 모든 기구는 돌로 표시되어 있었다.

나는 또한 바라나시에 온 관광객들이 놓치지 않는 원숭이 궁 전에 대해서 말하는 것을 들었다. 파리 사람은 자연스럽게 파리 에 있는 식물원의 유명한 새장을 이곳에서도 발견했다고 생각 할 테지만, 그것은 아무것도 아니었다.

'두르가-쿤드'라는 이 사원은 성 밖에서 약간 떨어진 곳에 있는 궁전이다. 그것은 9세기에 지어진 것으로, 도시의 건축물 중에서 가장 오래된 것 중 하나다. 그곳에서는 원숭이들이 철창 으로 된 우리에 갇혀 있지 않았다. 개울을 자유롭게 건너면서 돌 아다니고, 이 벽에서 저 벽으로 뛰어오르며, 커다란 망고나무 꼭 대기에 기어오르는가 하면, 방문객들이 건넨 그들이 좋아하는 구운 곡물을 놓고 시끄럽게 싸우기도 한다. 다른 곳과 마찬가지 로 그곳에서도 인도에서 가장 이득이 되는 직업 중 하나로서 두 르가-쿤드의 수호자로 자처하는 브라만들이 일종의 급료를 징 수하고 있었다.

저녁 무렵이 되어서 스팀하우스로 되돌아갈 생각을 했을 때 우리는 이미 더위로 인해 꽤 피곤했다. 영국식 도시인 세크롤의 가장 좋은 호텔에서 점심과 저녁을 먹었지만, 이런 음식들은 우리로 하여금 파라자르 씨의 음식을 아쉬워하게 했다.

우리를 갠지스의 우안으로 이동시키기 위해 곤돌라가 운하의 초입에 되돌아왔을 때, 나는 소형보트 바로 옆에 있는 벵골 사람을 마지막으로 보았다. 인도 사람이 몰고 올라온 카누 한 척이 그 사람을 기다리고 있었다. 그리고 그는 그 카누에 탔다. 그 사람은 강물을 지나 야영지까지 우리를 쫓아올 셈일까? 매우 수상쩍었다.

"뱅크스," 결국 내가 낮은 목소리로 벵골 사람을 가리키며 말했다. "저기에 구두 밑창에 들러붙듯이 우리를 떠나지 않고 쫓아 오는 스파이가 있어요……."

"나도 이미 봤어요." 뱅크스가 대답했다. "그리고 당신이 대령의 이름을 말하는 것이 저 사람의 주의를 환기시켰다는 것을 알았답니다."

"어떻게 조치를 취할 필요가 없을까요?" 내가 말했다.

"아니요! 그냥 둡시다." 뱅크스가 대답했다. "자신이 의심을 받고 있는 것을 모르는 편이 낫습니다……. 게다가, 그가 이제는 없어졌네요."

사실, 벵골 사람이 탄 카누는 갠지스의 어두운 물에 긴 자국을 남기는 다양한 형태의 수많은 소형 보트들 사이에서 이미 사라져 버렸다. 그러자 뱅크스가 사공을 향해 몸을 돌리며 무관심을 가장한 목소리로 물었다. "저 남자를 아시오?"

"아니요, 처음 보는 사람입니다." 사공이 대답했다. 어둠이 내려앉았다. 작은 깃발로 장식한 수백 대의 배는 여러 색깔의 초롱불로 어른거렸고, 노래하는 사람과 악사들로 가득 찬 채, 축제의 강 위에서 이리저리 마주쳐 지나가고 있었다. 강의 좌안에서 아주 다양한 빛깔의 불꽃이 솟아오르자 명예로운 천상의 황제로부터 우리가 멀리 있는 것 같지 않다는 생각이 들었다. 비길 데 없는 이 광경을 묘사한다는 것은 너무 어려운 일이다. 모든 계급의 인도 사람들이 참여하는 이런 즉흥적으로 보이는 축제가 어떤 목적으로 밤에 행해지는 것인지는 모르겠다. 축제가 끝날 무렵, 곤돌라는 이미 강의 다른 편에 정박했다. 그래서 그것이 마치 환상이었던 것 같았다. 그 축제는 한순간 덧없는 불꽃이 지속되는 동안만 이어졌고 어둠 속에서 꺼져 버렸다. 내가 이미 말했던 것처럼 인도에서는 숭배하는 신들, 하위-신들, 성인들과 하위-성인의 수가 3억에 이른다. 그리고 이런 각각의 신들을 숭배하기에 충분한 시간과 분과 초가 한 해에 포함되어 있지 않다. 우리가 야영지로 돌아왔을 때, 먼로 대령과 맥닐은 이미 돌아와 있었다. 뱅크스가 우리가 없는 동안 아무 일도 없었는지 중사에게 물었다. "아무 일도 없었습니다." 맥닐이 대답했다.

"수상쩍은 사람이 돌아다니는 것도 못 봤습니까?"

"전혀 보지 못했습니다. 뱅크스 씨, 혹시 의심이 가는 어떤 이유가 있나요?"

"바라나시를 산책하는 동안 염탐을 당했습니다." 엔지니어가 대답했다. "저는 누군가가 우리를 염탐하는 것을 좋아하지는 않습니다!" "그 스파이는 아마⋯⋯."

"벵골 사람이었고 먼로 대령의 이름이 그의 주의를 환기시켰어요." "그 사람이 우리에게 무엇을 원한 걸까요?"

"모르겠습니다, 맥닐. 경비를 서야 할 것 같습니다!"

"네, 불침번을 서겠습니다." 중사가 대답했다.

알라하바드

바라나시와 알라하바드 사이의 거리는 대략 130킬로미터 정도이다. 길은 철도와 강 사이에 나 있었고 변함없이 갠지스 우안을 따라 놓여 있었다. 스토르는 석탄 연료를 구해서 탄수차에 실었다. 코끼리가 며칠 동안 움직일 수 있는 연료가 준비된 셈이다. 게다가 값이 비싸기는 했지만 세차가 깨끗하게 돼 조립공장에서 막 출고된 듯이, 조바심을 가지고 출발하기만을 기다리고 있었다. 코끼리가 아직은 앞발로 땅을 구르지 않았으나, 바퀴의 진동을 통해 강철 폐를 가득 채운 증기의 압력을 확인할 수 있었다. 그래서 기차는 24일 아침 일찍 시속 3~4마일의 속도로 출발했다.

그날 밤은 아무 사건 없이 지나갔고, 우리는 벵골 사람을 또 보지 못했다. 처음이자 마지막으로 한 가지를 덧붙이자면, 기상 시간과 취침시간, 아침, 점심, 저녁, 그리고 낮잠을 자는 등의 매일 일정이 군대에서처럼 정확하게 이루어졌다. 그러니까 스팀 하우스에서의 생활은 캘커타의 방갈로에서 생활하는 것과 똑같이 규칙적으로 흘러가고 있었다. 우리가 생활하는 공간은 이동하지 않은 채, 지나치는 경치는 끊임없이 변하고 있었다. 우리는 대서양을 횡단하는 배를 타고 있는 것처럼 완벽하게 새로운 생활을 하고 있었지만 그것보다는 덜 지루했다. 항상 똑같은 망망대해의 수평선 속에 갇혀 있는 것이 아니었기 때문이다.

그날 열한 시경, 호화롭고 신기한 묘가 평야에 나타났다. 힌두교 성인들로서 아버지와 아들이었던 카심 - 솔리만을 기념하는 몽골식 건축물이 우뚝 솟아 있었던 것이다. 삼십 분 뒤 추나르의 주 요새를 볼 수 있었는데, 멋진 성벽은 갠지스 강으로부터 정확히 150피트 높이에 난공불락의 바위로 덮여 있었다. 이 요새를 공격하려고 성벽에 오르려고 애쓰는 어떤 군대라도 미리 준비된 바위들이 눈사태처럼 쏟아지면 완전히 박살날 것이다.

이 요새의 이름을 딴 도시가 요새 발치에 형성되어 있었고, 도시의 주거지는 초록빛 숲에 가려져 있었다.

우리는 이미 바라나시에서 인도인들이 세상에서 가장 성스러운 곳으로 여기는 특별한 장소들을 방문했다. 인도 반도에서 그런 성스러운 장소는 수백에 달할 것이다. 추나르의 요새 역시 그런 기적의 장소들 중 하나다. 그곳에는 대리석 판이 하나 있는데, 어떤 신이 매일 낮잠을 자러 규칙적으로 그곳에 온다고 한다. 물론 그 신은 보이지 않는다. 사람들 역시 그 신을 보겠다고 애쓰지 않는다.

그날 저녁, 강철거인은 밤을 보내기 위해 미르자푸르^{Mirzapur} 근처에서 멈춰 섰다. 이 도시는 사원은 없지만, 이 지역에서 생산되는 면을 실어 나르는 항구가 하나 있었고, 공장도 있었다. 그렇기에 언젠가 부유한 상업 도시가 될지도 모른다.

다음날인 5월 25일, 오후 두 시쯤 당시엔 1피트도 되지 않는 깊이의 작은 냇물인 통사를 걸어서 건넜다. 오후 다섯 시경에는 봄베이에서 캘커타를 연결시키는 분기점을 통과했다. 야무나 강이 갠지스 강으로 흘러내리는 장소에 거의 다다랐을 무렵, 우리는 열여섯 개의 교각이 있고, 60피트에 이르며, 아름다운 강의 지류에 건설된 멋있는 철교를 감탄하며 바라보았다. 강의 우안과 좌안을 연결하는 1킬로미터에 달하는 선교船橋에 도착한 우리는 어렵지 않게 다리를 건넜다. 그리고 저녁때, 알라하바드 근교 끝자락에서 야영했다.

26일 낮에는 힌두스탄의 주요 철로가 뻗어 나가는 이 중요한 도시를 방문하기로 되어 있었다. 알라하바드는 야무나 강과 갠지스 강의 양팔 사이에 위치한 가장 비옥한 토지 한가운데에 자리 잡고 있다.

알라하바드는 자연 경관으로 봐서 영국령 인도의 수도가 되기에 충분했고, 정부의 중심기관과 총독 관저가 자리 잡고 있는 곳이기도 했다. 인도 수도인 캘커타에 태풍이 몰아쳐 뭔가 나쁜 일이라도 일어난다면, 알라하바드가 수도가 되는 일이 불가능하지 않아 보이는 이유다. 확실한 것은 몇몇 분별력 있는 사람들은 이런 가능성을 어렴풋하게나마 느끼고 예견까지 한다는 사실이다. 파리가 프랑스의 심장인 것과 마찬가지로, 알라하바드는 인도라는 거대한 육체의 중심에 위치해 있다. 반면 런던은 대영제국의 중심에 있지 않을 뿐 아니라, 또한 리버풀·맨체스터·버밍엄과 같은 영국의 대도시들에 비해 파리가 프랑스의 다른 모든 도시들에 대해 지니는 우월성을 갖지도 못한다.

"그럼 지금 이 지점부터 우리가 곧바로 북쪽으로 가는 겁니까?" 내가 뱅크스에게 물었다.

"네." 뱅크스가 대답했다. "아니면 적어도 곧장 북쪽으로 간다고 할 수 있죠. 알라하바드는 우리 탐험의 첫 여정에서 서쪽 경계입니다."

"드디어…… 그렇군요!" 호드 대위가 소리쳤다. "대도시가 좋기는 하죠. 그렇지만 드넓은 평야나 정글이 훨씬 낫습니다! 만약에 철도를 계속 따라나간다면, 결국 철길 위를 굴러가는 것으로 우리 탐험이 끝날 겁니다. 그리고 우리의 강철거인도 단순한 기관차 처지일 뿐입니다! 그렇다면 얼마나 실망스럽습니까!"

"안심하세요, 호드 씨" 엔지니어가 대답했다. "그런 일은 없을 겁니다. 이제 곧 당신이 특히나 좋아하는 지역으로 들어가게 될 테니까요."

"그렇다면, 뱅크스, 러크나우를 통과하지 않고 인도차이나 국경으로 곧바로 가게 되는 건가요?"

"제 생각으로는 그 도시를 피하는 것이 좋을 것 같고, 특히 먼로 대령에게 죽음의 기억으로 가득찬 칸푸르*는 피하는 것이 좋을 것 같습니다."

"당신 말이 옳아요." 내가 응수했다. "어쨌든 우리가 그곳으로부터 아예 멀리 떨어져서 지나칠 수는 없을 겁니다."

"뱅크스, 당신들이 바라나시를 방문한 동안 나나 사히브에 대해 아무 말도 못 들었나요?" 호드 대위가 물었다.

"아무것도요." 엔지니어가 대답했다. "봄베이 총독이 또 한 번 과오를 범했을지도 모릅니다. 아무튼 나나는 봄베이 주에 다시 나타나지는 않았을 겁니다."

"그럴지도 모르지요." 대위가 대답했다. "과거의 반군이 나나에 대해 말하도록 강요받지 않았다면요."

"어쨌건," 뱅크스가 말했다. "알라하바드에서 칸푸르까지 세포이 항쟁 동안 엄청난 재앙극이 벌어졌던 갠지스 강의 계곡을 서둘러 떠나야겠어요. 그리고 특히 대령님 앞에서 나나 사히브의 이름을 거론하지 않는 것처럼 이 도시 이름도 말하지 마십시오! 강철거인의 주인인 대령님을 조용히 내버려 둡시다!"

다음날, 뱅크스는 내가 알라하바드를 몇 시간 방문할 때 동행하기로 했다. 세 도시로 이루어진 알라하바드를 세심하세 보기

---

* 인도 우타르프라데시 주 러크나우 남서쪽, 갠지스 강 연안도시. 세포이 항쟁 당시 영국 주둔군들과 거류민들이 대량학살되어 우물 속에 던져지는 참사가 벌어졌다.

위해서는 사흘은 필요할 듯했다. 하지만, 신성한 도시들 중 하나인 이 도시엔 바라나시에 비해 별로 호기심이 생기지 않았다.

인도인들의 도시는 특별한 것이 없었다. 낮은 집들이 밀집해 있는 주거 지역이 멋진 타마린드 나무들로 가득 찬 좁은 길들을 갈라놓고 있었다.

영국식 도시와 영국 군의 진영 역시 아무것도 없었다. 나무가 잘 심어진 아름다운 대로들, 부유한 거주지들, 널따란 광장 등은 수도가 되는 데나 필요한 것들일 뿐이다.

가장 중요한 것은 사실 야무나 강과 갠지스 강의 두 물줄기에 의해 남과 북으로 경계 지어지는 방대한 평야에 위치해 있다. 그곳은 '은혜의 평야'라고 부르는데, 인도 왕자들이 자선 활동을 하기 위해 항상 그곳에 왔기 때문이다. 『히오넨 창의 인생』이라는 책의 한 구절을 인용한 루슬레에 의하면, "다른 곳에 십만 프랑을 주는 것보다, 이곳에 동전 한 닢을 주는 것이 더 칭송받을 만하다."

기독교의 신은 은혜를 베푸는 자에게 단지 백 배로 돌려주지만, 그것보다 백 배 적게 돌려줄지라도 나의 믿음을 더욱 크게 만들어 주는 말이다.

알라하바드의 요새가 나에게 방문해 보고 싶은 호기심을 불러일으켰다. 그것은 광대한 '은혜의 평야' 서쪽에 건축되어 있었으며, 붉은 사암으로 된 높다란 벽의 윤곽을 대담하게 드러내고 있는데, 사람들의 표현을 빌자면, 평야를 감싸고 있는 야무나 강과 갠지스 강, 두 강물의 양팔을 포탄이 부러트릴 수 있을 정도의 거리에 있다. 요새의 한가운데에는 악바르 황제가 머물기를 좋아하던 궁전이 하나 있었는데, 지금은 병기창이 되었다. 또 한 켠에는, 사자를 한 마리 떠받치고 있는 36피트 높이의 멋진 기념비인 '페로즈-샤크의 랏'이라는 것이 있었다. 그곳에서 멀지 않은 곳에 세상에서 가장 성스러운 장소 중 하나임에도 불구하고, 요새로의 출입이 허용되지 않는 계층의 인도 사람들도 방문할 수 있는 작은 사원이 하나 있었다. 이와 같은 것들이 요새에서 관광객들의 주의를 끄는 주요 지점들이다.

뱅크스가 나에게 예루살렘에 있는 성서에 나오는 솔로몬의 성전 재건축과 비슷한 신화가 알라하바드 요새에도 있다고 알려 주었다.

술탄이 알라하바드 요새를 지으려고 했을 때, 돌들이 말을 듣지 않는 일이 생겼다. 이미 건축된 벽 하나는 곧 무너져 내릴 것 같았다. 그래서 사람들은 신탁을 받았다. 그러자 신의 계시가 늘 그렇듯이, 그 저주를 쫓기 위해서는 자발적인 희생자가 필요하다고 했다. 한 인도인이 희생양이 되었다. 그가 희생함으로써, 이 요새가 완성될 수 있었던 것이다. 이 사람의 이름은 브로그였고, 이런 이유로 지금까지도 이 도시는 브로그-알라하바드라는 이중의 이름을 가지게 되었다.

이어서 뱅크스는 유명하기도 하지만, 한편으로 그 유명세를 잘 이용하고 있는 쿠르수 정원으로 나를 안내했다. 세상에서 가장 아름다운 타마린드 나무 그늘 아래 위치한 그곳에는 여러 마호메트들의 능이 봉긋이 올라와 있었다. 그 중에 마지막 술탄이었던 사람의 이름이 바로 정원 이름이 되었다. 그리고 흰 대리석 벽들이 있었는데, 그 중에 커다란 손바닥이 새겨져 있는 벽이 있었다. 가야를 방문하면서 성스러운 흔적을 보지 못했던 우리에게 호의라도 베풀듯이 손바닥이 새겨진 벽이 있었던 것이다.

그것은 신의 발자국 흔적은 아니었고, 다만 마호메트의 어린 조카였던 사람의 손자국이었다.

1857년의 반란 기간에, 갠지스 강 계곡에 있는 다른 도시들에 비해 알라하바드에서의 살육이 덜했던 것은 아니었다. 바라나시의 연병장에서 영국군과 반란군들 간에 일어난 전투가 원주민 병사들의 봉기와 벵골군 6연대의 반란을 유발했다. 가장 먼저, 8명의 기수가 학살당했다. 그러나 추나르 상이군인회에 속한 몇몇 유럽 출신 포병들의 단호한 공격 덕분에, 인도 용병들이 항복하는 것으로 마무리 지어졌다.

숙영지는 더욱 심각했다. 원주민들이 봉기했고, 감옥이 개방되었으며, 화물창고는 약탈당했고, 유럽인들이 사는 집들이 불탔다. 전열을 가다듬은 닐 대령이 자신의 연대와 마드라스 연대의 소총수들과 함께 도착했다. 그는 반란군들이 점령하고 있던 선교를 탈환했으며, 6월 18일 낮에는 알라하바드 근교를 탈취했다. 이어서 회교도들로 이뤄졌던 임시정부 구성원들을 해산시켰고, 다시 그 지방의 지도자가 되었다.

알라하바드를 잠시 산책하면서, 뱅크스와 나는 바라나시에서 그랬던 것처럼 누가 혹시 우리를 쫓지 않는지 주의 깊게 주위를 살폈다. 그러나 이번에는 수상쩍은 것이 아무것도 없었다.

"그건 중요하지 않아요." 엔지니어가 나에게 말했다. "항상 경계해야 합니다! 저는 비밀리에 산책하려고 했어요. 왜냐하면 이 지방의 원주민들에게 먼로 대령의 이름은 너무 잘 알려져 있으니까요!"

우리는 저녁식사 시간에 맞추어 여섯 시에 돌아왔다. 에드워드 먼로 경은 한두 시간 동안 야영지를 떠나 있었는데, 이미 돌아와서 우리가 돌아오기를 기다리고 있었다. 호드 대위는 숙영지의 주둔군 중에 몇몇 동료들을 방문했다가 우리와 거의 비슷한 시간에 돌아왔다.

나는 먼로 대령이 더 슬퍼 보이지는 않지만, 보통 때보다 더 근심스러운 표정임을 느끼고 뱅크스에게 살펴보라고 했다. 오래전부터 눈물로 적셔져 있는 듯하던 그의 시선 속에 어떤 열기가 있는 것 같았다.

"당신이 맞았습니다." 뱅크스가 나에게 대답했다. "뭔가 있어요! 그렇다면 무슨 일이 벌어졌던 걸까요?"

"당신이 맥닐에게 물어 보면 어때요?" 내가 말했다.

"네, 어쩌면 맥닐은 알고 있을 거예요……." 엔지니어는 거실에서 나가서, 중사의 객실 문을 열려고 갔다. 하지만 중사는 거기에 없었다. "맥닐은 어디 있나요?" 뱅크스가 저녁 상차림을 준비하고 있는 구미에게 물었다.

"야영지에서 나갔습니다." 구미가 대답했다.

"언제 나갔죠?"

"한 시간 전쯤, 먼로 대령님의 명령을 받고 나갔습니다."

"그가 어디 갔는지는 모릅니까?"

"모르겠습니다, 뱅크스 씨. 그가 왜 나갔는지도 모르고요."

"우리가 나간 후에 여기에서 무슨 일이 있었나요?"

"아니요, 아무 일도 없었습니다." 뱅크스가 되돌아 와서 나에게 중사의 부재를 알려 주었고 어떤 이유로 나갔는지는 아무도 모른다면서 다시 중얼거렸다. "무슨 일인지는 모르겠지만, 확실히 뭔가 있어요! 기다려 봅시다."

우리는 저녁식사를 하기 시작했다. 평소에, 먼로 대령은 식사 시간 동안 대화에 참여했다. 그는 우리의 산책에 대한 이야기를 듣고 싶어 했다. 우리가 낮 동안 무엇을 했는지 관심을 보였던 것이다. 나는 그가 세포이 항쟁을 상기하지 않도록 하기 위해 주의를 기울였다. 그도 그것을 알아챈 것 같았다. 하지만 그가 나의 조심성을 고려했던 것일까? 그렇게 하는 것은 폭동이 벌어졌던 바라나시나 알라하바드와 같은 도시들이 관계된 대화를 나눌 때는 쉽지 않은 일이다.

오늘, 바로 이 저녁식사 시간에, 나는 알라하바드에 대해서 말해야 하는 것이 두려웠다. 그러나 쓸데없는 두려움이었다. 먼로 대령이 뱅크스나 나에게 우리의 일과를 묻지 않았기 때문이다. 그는 식사시간 내내 침묵을 지켰다. 시간이 지남에 따라 그의 걱정이 커지기까지 하는 것 같았다. 그는 숙영지로 향하는 길을 자주 바라보았고, 그 방향을 잘 보기 위해 심지어는 여러 번 테이블에서 일어서기도 했던 것 같다. 에드워드 먼로 경이 조바심을 가지고 기다린 것은 당연히 맥닐 중사의 귀환이었다.

저녁식사는 꽤나 무거운 분위기 속에서 이루어졌다. 호드 대위는 뱅크스에게 무슨 일인지를 눈짓으로 물었다. 그렇지만 뱅크스 역시 대위보다 더 아는 것이 없었다.

저녁식사를 마치자, 먼로 대령은 평소처럼 휴식을 취하는 대신, 베란다의 발판을 내려가서 몇 발자국 내딛고는 먼 곳을 바라보았다. 이어서 우리 쪽으로 되돌아 서면서 말했다.

"뱅크스, 호드, 그리고 모클레 씨, 숙영지의 첫번째 건물까지 나와 동행해 주시겠습니까?"

우리는 즉시 테이블에서 일어나, 아무 말도 하지 않은 채 천천히 걷는 대령의 뒤를 따랐다. 약 백 보 정도 간 후, 에드워드 먼로 경이 길 오른편에 서 있는 기둥 앞에 멈춰 섰는데, 그 기둥에는 기사 하나가 붙어 있었다. "읽어 보십시오." 그가 말했다.

두 달도 더 된 이 기사는 대부호 나나 사히브에게 걸린 현상금이 적혀 있었고, 봄베이 주에 그가 나타났다고 알리고 있었다.

뱅크스와 호드는 실망스러운 몸짓을 억제할 수 없었다. 캘커타에서부터 지금까지 여행 내내, 그들은 이 기사가 대령의 눈에 띄지 않도록 할 수 있었다. 하지만 그들이 이토록 전전긍긍하며 조심한 일이 이 난처한 우연으로 인해 좌절된 것이다!

"뱅크스," 엔지니어의 손을 잡으며 에드워드 먼로 경이 말했다. "이 기사를 이미 알고 있었나?"

뱅크스는 대답하지 않았다.

"자넨 두 달 전에 나나 사히브가 봄베이 주에 나타났다는 것을 알고 있었는데, 나에겐 아무 말도 하지 않은 게로군." 그가 다시 말했다.

뱅크스는 어떻게 대답해야 할지 몰라 침묵을 지켰다.

"사실, 네, 대령님," 호드 대위가 소리쳤다. "우리가 알고 있었습니다. 하지만 왜 대령님께서 그것에 대해 언급하시나요? 이 기사가 사실임을 누가 증명할 수 있으며, 또 대령님께 그토록 괴로운 기억을 상기시켜 좋은 점이 뭐가 있겠습니까!"

"뱅크스," 얼굴 모습 전체가 일그러져 버린 먼로 대령이 소리쳤다. "이 인물을 정당하게 벌할 사람이 어느 누구도 아닌 바로 나라는 사실을 잊어 버렸는가? 이 사실을 기억하게. 내가 캘커타를 떠나는 것에 동의한 것은 이 여행이 인도 북부를 향하기 때문이었고, 나나 사히브가 죽었다는 것을 단 하루도 믿어 본 적이 없기 때문이었으며, 그를 처벌하는 것이 내 의무라는 걸 결코 잊은 적이 없었기 때문이지! 당신들과 여행을 떠나면서 내가 품은 생각과 소망은 단 한 가지였네! 신의 도움으로 여행을 하다가 우연히 내 목표물에 가까이 가는 것을 계산했다는 말일세! 그리고 내가 옳았던 것일세! 신이 나를 바로 이 기사 앞으로 이끄셨지! 나나 사히브를 찾기 위해 더 이상 북쪽으로 갈 필요가 없어졌어. 그가 남쪽에 있지 않은가! 그러니까! 나는 이제 남쪽을 향해 가야겠네!"

우리의 예감이 틀린 것이 아니었다! 아니, 완전히 적중했다! 그러니까 그의 집념과 숨겨진 의도가 먼로 대령을 여전히, 아니 더욱더 크게 지배하고 있었던 셈이다. 그리고 그가 우리에게 그 모든 사실을 털어놓은 것이다.

"먼로," 뱅크스가 대답했다. "내가 자네에게 아무런 말도 하지 않은 것은 나나 사히브가 봄베이 주에 출현했다는 사실을 믿지 않았기 때문이네. 의심할 필요 없이, 정부 당국이 착각한 것이 처음은 아니지 않은가! 사실 이 기사는 3월 6일 것이지만, 그후로 대부호인 나나 사히브가 나타났다는 소식이 전혀 확인되지 않았다는 말이네."

먼로 대령은 엔지니어의 견해에 대해 처음에는 아무 대꾸도

하지 않았다. 그는 마지막으로 길 저편을 바라보았다. 그리고 말했다.

"여러분, 저는 곧 무슨 일이 있었는지 알게 될 것입니다. 맥닐이 총독에게 전하기 위해 편지를 가지고 알라하바드에 갔습니다. 잠시 후면, 나나 사히브가 서부 지방에 확실히 나타났던 것인지, 여전히 있는지 또는 이미 사라졌는지 그 여부를 알게 될 것입니다."

"만일 그가 확실히 나타났었다면 어떻게 할 것인가, 먼로?" 대령의 손을 잡으며 뱅크스가 물었다.

"떠날 걸세!" 에드워드 먼로 경이 대답했다. "정의의 이름으로 나는 어디라도 갈 것이고, 그것이 바로 내 의무네!"

"완전히 결정된 것인가, 먼로?"

"그렇다네, 뱅크스, 꼭 그럴 걸세. 여러분들은 저 없이 여행을 계속하시면 됩니다…… . 저는 오늘 저녁에 바로 봄베이로 향하는 기차를 타겠습니다."

"그렇다면, 자네 혼자 가지 말게!" 우리를 향해 몸을 돌리며 엔지니어가 대답했다. "우리가 자네와 동행하겠네, 먼로!"

"네! 그렇게 하겠습니다, 대령님!" 호드 대위가 외쳤다. "당신을 우리 없이 혼자 떠나게 하지는 않겠습니다! 맹수를 사냥하는 대신! 우리가 악당들을 잡게 될 겁니다!"

"먼로 대령님," 내가 덧붙였다. "제가 당신 친구들과 대위와 합류해도 되겠습니까?" "그럼요, 모클레." 뱅크스가 대답했다. "오늘 밤이 되면 바로 다 함께 알라하바드를 떠나게 될 겁니다……."

"소용없습니다!" 낮은 목소리로 누군가가 말했다. 우리가 뒤돌아보니, 맥닐 중사가 신문을 들고 우리 앞에 있었다. "읽어 보십시오, 대령님." 그가 말했다. "이게 바로 총독이 대령님께 전하라는 것입니다."

에드워드 먼로 경이 기사를 소리 내어 읽었다.

"봄베이 주 총독은 지난 3월 6일 기사를 통해 공표한 대부호 단두-판트나나 사히브의 본명와 관련된 사항이 더 이상 아무런 관심의 대상이 되지 않음을 국민에게 알린다. 어제 샷푸라 산맥Sātpura Range, 인도 서부 데칸 고원을 이루는 산맥에서 자신의 군대와 퇴각 중이던 나나 사히브가 좁은 길에서 공격을 받고, 전투 중 사망했다. 그의 신원에 대해서는 아무런 의심이 제기되지 않는다. 칸푸르와 러크나우에 사는 사람들에 의해 확인된 사실이다. 왼쪽 손가락 중 하나가 없었기 때문인데, 나나 사히브는 자신이 죽은 것으로 가장하기 위해 가짜 장례식을 치른 적이 있었고, 그때 손가락 하나를 절단했었다. 이제 인도 왕국은 그토록 많은 피를 흘리게 했던 잔인한 대부호의 술책을 두려워할 필요가 없어졌다."

먼로 대령은 이 기사를 둔탁한 목소리로 읽었다. 그러고는 신문을 떨어뜨려 버렸다. 모두 침묵을 지켰다. 나나 사히브의 명백

한 죽음은 우리를 미래에 대한 두려움으로부터 자유롭게 했다.

몇 분이 흐른 후, 먼로 대령이 끔찍한 기억을 지우기라도 하듯 손으로 눈을 비볐다. 그리고는 물었다. "우리가 언제 알라하바드를 떠나야 하지?" "내일, 이른 아침일세." 엔지니어가 대답했다.

"뱅크스," 먼로 대령이 다시 말했다. "우리가 칸푸르에서 몇 시간 동안만 머물 수는 없을까?" "자네, 그걸 원하는가?"

"그렇다네, 뱅크스, 나는…… 칸푸르를 마지막으로…… 다시 한 번 보고 싶네……!" "이틀 후면 그곳에 도착할 걸세!" 엔지니어가 간단하게 대답했다.

"그 후에는?" 먼로 대령이 다시 물었다. "그 이후……?" 뱅크스가 대답했다. "원래대로 인도 북부를 향한 우리의 탐험을 계속하지!" "그렇군!…… 북쪽이라! 북쪽이라!……" 내 마음 깊은 곳을 휘젓는 목소리로 대령이 말했다.

사실, 에드워드 먼로 경은 나나 사히브와 영국 정부 경찰 사이에서 벌어진 마지막 전투의 결과에 대해 여전히 의심하고 있었던 것이다. 확실한 것 같은 사실에 대해 반대로 생각하는 그가 옳은 것일까?

다가올 미래가 그것을 가르쳐 줄 것이다.

고통의 길

아요디아 왕국은 예전에 인도 반도에서 가장 중요한 왕국 중 하나였으며, 지금도 인도에서 가장 부유한 곳 중 하나다. 이 왕국은 때로는 강한 군주의, 때로는 무력한 군주의 지배를 받았다. 무력한 군주 중 한 사람이 바로 와지드 알리 샤였는데, 그는 1857년 2월 6일, 자신의 왕국을 동인도회사의 영토에 병합시켰다. 병합은 폭동이 일어나기 바로 몇 달 전에 있었던 일이었는데, 폭동 당시에 가장 끔찍한 학살이 저질러지고 가장 심한 보복이 감행된 곳이 바로 이 지역이었다. 러크나우와 칸푸르라는 두 도시 이름은 유감스럽게도 그때부터 유명해졌다. 러크나우는 이 지역의 수도였고, 칸푸르는 왕국의 주요 도시 중 하나였다.

먼로 대령이 가고 싶어 한 도시는 칸푸르였는데, 우리 일행은 5월 29일 오전 쪽밭이 펼쳐져 있는 평평한 평야를 가로지르는 갠지스 강 우안을 따라 가서 그곳에 도착했다. 강철거인은 이틀 동안 알라하바드에서 칸푸르까지 250킬로미터에 이르는 거리를 시속 12킬로미터 속도로 나아갔다.

그러니까 우리가 출발한 캘커타로부터는 약 1,000킬로미터 떨어진 곳에 있던 셈이다.

칸푸르에는 약 6만여 명이 살고 있다. 또한 갠지스 강 우안에 위치한 이곳의 너비는 5마일 정도 된다. 그곳에는 7천 명 규모의 군 부대가 주둔하는 숙영지가 있었다.

이 도시는 기원전부터 존재해 온 매우 오래된 곳임에도 불구하고, 관광객의 주의를 끌 만한 유적지가 없다. 그렇기에 우리는 칸푸르에 대해서 아무 호기심도 없었다. 다만 에드워드 먼로 경의 뜻을 따랐을 뿐이다.

5월 30일 오전, 우리는 야영지를 나섰다. 뱅크스, 호드 대위, 그리고 나는 대령과 맥닐 중사를 따라 고통스러운 길로 나아갔다. 에드워드 먼로 경이 마지막으로 순례해 보기를 원하는 길이었던 것이다.

뱅크스가 내게 해준 이야기, 즉 이제는 알아야 하는 것을 간략하게 말하겠다.

"동인도회사가 아요디아 왕국을 병합한 시기에는 믿을 만한 군대가 칸푸르에 주둔하고 있었지만, 폭동 초기에는 250여 명의 영국군만 있었어요. 반대로 원주민 보병연대는 1연대, 53연대, 그리고 56연대가 있었고, 기병연대도 두 개나 있었으며, 벵골군 포병중대까지 주둔하고 있었죠. 게다가 그곳에는 꽤 많은 유럽 사람들과 고용인들, 고위 공무원들 및 상인들이 살고 있었으며, 러크나우에 숙영하던 영국군 32연대 영내에는 여자와 아이들이 850명 이상 있었답니다."

"이미 몇 년 전부터 먼로 대령은 칸푸르에 살고 있었죠. 그리고 바로 거기에서 자신의 아내가 된 아름다운 아가씨를 만났답니다."

"로렌스 혼레이는 매력적이고 지적인 영국 여인이었죠. 그녀는 고귀한 성품과, 귀족적인 마음씀씀이, 그리고 영웅적인 천성까지 갖추고 있어서 대령 같은 남자가 사랑하고 추앙할 만한 여인이었어요. 어머니와 함께 교외의 방갈로에서 살고 있던 1855년, 그녀는 에드워드 먼로와 결혼했습니다."

"그들이 결혼한 지 2년 후인 1857년에 미라에서 첫 폭동이 일어났을 때 먼로 대령은 하루도 지체하지 않고 자신이 지휘하던 연대에 합류했죠. 그는 아내와 장모에게 즉시 캘커타로 떠날 채비를 하라고 말했지만, 그녀들을 칸푸르에 남겨 둘 수밖에 없었답니다. 대령은 그때 칸푸르가 안전하지 않다고 생각했던 거죠! 그리고 슬프게도 그랬답니다! 이어진 사건들이 그의 예감을 정확하게 확인시켜 주었죠."

"혼레이 부인과 먼로 부인의 출발이 늦어지면서 재난을 초래했어요. 이 불행한 여인들은 폭동이라는 사건에 너무 놀라 칸푸르를 곧장 떠날 수가 없었던 겁니다."

"도시를 분할하라는 명령이 휴 휠러 장군에 의해 내려졌고, 충성스럽고 곧은 성품의 군인이었던 장군은 곧 나나 사히브가 조종한 교활한 획책의 희생자가 되었답니다."

"사히브는 칸푸르에서 10마일 거리에 있는 자신의 빌우르성을 차지하고 있었는데, 오래전부터 유럽인들과 매우 좋은 관계인 척하며 살고 있었습니다."

"친애하는 모클레, 처음으로 반란이 시도된 곳은 미라와 델리였답니다. 그리고 그 소식이 5월 14일에 칸푸르에 알려졌죠. 같은 날, 인도인 용병 1연대에서 가혹한 조처가 취해졌습니다."

"그리고 나나 사히브가 정부와 반란군 사이에서 조정에 나섰습니다. 휠러 장군은 신중하지 못하게도 이 교활한 인간의 선의를 믿어 버렸고, 곧이어 특수부대가 재무성 건물을 점령해 버리게 됩니다."

"같은 날, 인도 용병의 유격연대 하나가 칸푸르를 지나며 도시 입구에서 유럽 장교들을 학살했구요."

"그럼으로써 굉장히 위험한 지경이 되어 버렸지요. 휠러 장군은 모든 유럽 사람들에게 러크나우의 32연대 영내에 머물고 있는 여자들과 아이들이 있는 병영으로 피신하라는 명령을 내렸습니다. 그 병영은 알라하바드로 가는 가장 가까운 지점에 위치해 있었는데, 유일하게 구조가 이루어질 수 있는 곳이었죠."

"바로 그곳이 먼로 부인과 친정 어머니가 갇혀 있던 곳이었답니다. 그곳에 갇혀 있는 동안 이 젊은 여인은 곤경에 처한 동료들에게 한없이 헌신했답니다. 손수 그들을 보살폈고, 자기 돈으로 그들을 도왔으며, 스스로 모범을 보이고 위로의 말을 함으로써 용기를 주었죠. 그녀가 지니고 있었던 넓은 마음을 보여 주었던 것이죠. 제가 조금 전에 말했던 것처럼 용맹한 여자 영웅이었던 겁니다."

"그렇지만 나나 사히브 휘하 군대에 무기가 도착하는 것은 지체되지 않았습니다."

"반역자는 반란기를 드높였죠. 그리고 6월 7일, 반역자 자신의 지휘 아래 인도 용병들이 병영을 공격했는데, 그곳에는 300명이 채 안 되는 병사들이 방어하고 있었답니다. 어쨌든 이 용감한 병사들은 빗발치는 탄환과 포위군의 공격에 맞서 방어했습니다. 우물이 메말라 물이 없고, 식량이 충분치 않았던 그곳에는 배고프고 목마른 온갖 종류의 병자들이 있었죠."

"그렇게 6월 27일까지 저항했답니다."

"나나 사히브가 항복조약을 제안했고, 먼로 부인이 싸움을 계속하자고 간절하게 탄원했음에도 불구하고, 휠러 장군은 그 조약에 서명하는 용서할 수 없는 과오를 저질렀지요."

"이 항복조약에 따라, 먼로 부인과 친정 어머니를 포함한 500여 명의 남자, 여자, 아이들이 갠지스 강을 되돌아 내려가 알라하바드로 향하게 될 배에 탔어요."

"이 배들이 강기슭에서 떠나자마자 인도 용병들이 배를 공격했죠. 빗발치는 포탄과 총탄들이 배를 공격한 겁니다! 어떤 배는 침몰했고, 또 다른 배는 불타올랐습니다. 소형 보트 중 한 대가 강을 따라 몇 마일을 되돌아 내려가는 데 성공했어요."

"먼로 부인과 친정 어머니가 바로 이 소형 보트에 타고 있었죠. 그녀들은 잠깐 동안은 자신들이 구조될 거라 믿을 수 있었죠. 그러나 나나 사히브의 병사들이 그녀들을 쫓아 와 붙잡아서는 숙영지로 다시 데리고 갔답니다."

"거기에서 포로들은 선별되었어요. 일단 모든 남자들은 즉시 처형되었죠. 여자와 아이들은 6월 27일에 학살되지 않았던 여자와 아이들과 함께 소집되었지요."

"모두 합해 200명의 희생자가 있었는데, 그들에게는 기나 긴 죽음의 시간이 기다리고 있었어요. 그리고 그들은 악명 높은 비비가르라는 이름의 방갈로에 감금되었답니다."

"그런데 당신은 어떻게 이 끔찍한 사건의 세세한 부분을 알고 있는 겁니까?" 내가 뱅크스에게 물었다.

"영국군 32연대의 늙은 중사가 이야기해 줬어요." 그 엔지니어가 나에게 대답했다. "기적적으로 그곳을 탈출한 그 남자는 아요디아 왕국의 소국인 라이슈와라 영주의 보살핌을 받았어요. 그 영주는 자비를 베풀어 다른 도망자들도 받아들였답니다."

"그럼 먼로 부인과 그녀의 어머니는 어떻게 된 겁니까?"

"친애하는 친구," 뱅크스가 나에게 대답했다. "그날 이후로 무슨 일이 일어났는지는 어떤 직접 증언도 없답니다. 다만 짐작

할 수 있을 뿐이죠. 그때 인도 용병들이 칸푸르의 주인이었어요. 7월 15일까지 19일 동안 그들이 주인 행세를 했는데, 마치 그 기간이 17세기 동안 이어졌던 것 같아요! 불운한 희생자들은 매 순간마다 구조되기를 기다렸지만, 구조는 너무 늦게야 이루어 졌죠.”

“이미 그 이전부터 캘커타에서 출발한 하브록 장군이 칸푸르 를 구조하기 위해 다가오고 있었어요. 여러 번의 탈환을 거쳐 반 란군을 진압한 후, 7월 17일에 도시에 진입했답니다.”

“하지만 그 바로 이틀 전, 영국군이 판두—나디 강을 건넜다는 소식을 접한 나나 사히브가 마지막 점령 시간 동안 끔찍한 학살 을 자행할 것을 지시했어요. 그로서는 인도를 침략한 자들에게 무슨 일이라도 할 수 있었던 거죠!”

“비비가르에서 여자 포로들과 함께 수감되어 있던 몇몇 남자 포로들이 나나 사히브가 보는 앞에 끌려 나와 처형되었어요.”

“여자들과 아이들로 이루어진 군중이 남아 있었는데, 그 속 에 먼로 부인과 친정 어머니도 있었죠. 인도 용병의 6연대에 소 속된 소대는 비비 가르의 창문들을 통해 사격하라는 명령을 받 았습니다. 처형이 시작되었지만, 나나가 생각했던 것처럼 빨리 이루어지지 않았기 때문에 그는 후퇴해야 했죠. 그래서 이 잔인 한 왕자는 자신의 호위병들 속에 회교 백정들을 섞어 넣었답니 다……. 그야말로 도살장 같은 학살이었습니다!”

"다음 날, 아이들과 여자들이 죽었거나 생존해 있거나 상관 없이 근처에 있던 우물에 내던져져 있더랍니다. 하브록의 병사 들이 도착했을 때, 이 우물의 테두리 돌까지 시체가 쌓여 있었고 여전히 연기가 나더랍니다!"

"복수가 시작되었죠. 나나 사히브와 함께 공모했던 꽤 많은 반란군들이 하브록 장군의 수중에 떨어졌습니다. 장군은 그 다 음날 무시무시한 명령을 다음과 같이 내리게 되는데, 그 표현들 은 도저히 잊을 수 없는 것이었습니다."

"종교가 없는 나나 사히브의 명령에 따라 가엾은 여자들과 아이들의 유해가 있는 우물은 무덤의 형태로 정성껏 덮일 것이 다. 담당 장교가 차출한 유럽 병사들이 오늘 밤 이 경건한 임무 를 수행하게 될 것이다. 또한 학살이 벌어진 집과 방은 유럽인들 에 의해 청소되지 않을 것이다. 처형되기 전에 죄인들은 학살에 동참한 것과 카스트의 위치에 비례해, 무고하게 흘린 각각의 피 를 그들의 혀로 핥거나 청소하게 될 것이다. 결국, 망자에 대한 판결문을 낭독한 후, 모든 죄인들은 학살의 현장으로 이송되어 건물 바닥의 일정 부분을 청소하게 될 것이다. 그 임무가 죄인들 의 종교적인 감정에 비추어서 가능하면 가장 비참하게 느껴지 도록 신경을 써야 할 것이며, 헌병대 총사령관은 필요하다면 가 죽 채찍도 쓸 수 있다. 임무가 완수되면, 집 근처에 마련된 교수 대에서 처형될 것이다."

"이것이 바로 그날의 명령이었답니다." 흥분한 뱅크스가 다시 말했다. "그의 명령대로 모든 것들이 수행되었죠. 그렇다고 해서 희생자들이 되살아나는 것은 아니었지만요. 그들은 이미 몸이 잘리고, 훼손된 채 학살당했던 겁니다! 먼로 대령이 이틀 후에 도착한 후, 아내와 장모의 흔적을 찾아내려고 애썼지만, 허사였습니다……. 아무것도 발견할 수 없었답니다!"

여기까지가 칸푸르에 도착하기 전에 뱅크스가 내게 이야기해 준 내용이었다. 그리고 지금, 대령은 끔찍한 학살이 수행되었던 장소를 향해 다가가고 있었다.

그 전에, 그는 아내가 어린 시절을 보내고 살았던 방갈로를 먼저 방문하기를 원했다. 바로 그 집이 마지막으로 그녀를 보고, 집 문턱에서 마지막 포옹을 나누었던 곳이다.

그 집은 도시 성곽으로부터 약간 바깥에 세워져 있었는데, 군대 숙영지와 그리 멀지 않았다. 잔해들, 아직도 시커멓게 그을린 벽면들, 땅바닥에 쓰러져 말라 버린 나무 몇 그루가 집에 남아 있는 전부였다. 대령이 아무것도 보수할 수 없도록 했기 때문이다. 그래서 6년이 지난 지금도 방갈로는 방화자들의 만행을 그대로 간직하고 있었다.

우리는 그 황량한 장소에서 한 시간가량 머물렀다. 에드워드 먼로 경은 수많은 기억이 떠오를 잔해 속을 말없이 걸었다. 아마도 그는 자신에게 더 이상 아무것도 되돌려 줄 수 없는, 삶의 행복을 생각하고 있었을 것이다. 그는 처음 그녀를 알게 된 그 집에서 태어나 행복하게 살고 있는 아가씨를 다시 보고 있는 듯했으며, 그녀를 더 자세히 보려는 듯이 눈을 지그시 감기도 했다!

그리고는 자제심을 되찾으려는 듯 갑작스럽게 뒤돌아서서 우리를 밖으로 데리고 나갔다.

뱅크스는 대령이 방갈로 방문에 만족하기를 기대했다⋯⋯. 그러나 그렇지 않았다! 에드워드 먼로 경은 자신에게 이 죽음의 도시가 남긴 마지막 고통까지도 고갈시키려고 결심한 듯했다! 아내가 살던 집을 방문한 후, 그는 용감한 여인이 적의 근거지에서 벌어진 온갖 잔학 행위를 감내해야 했던 희생자들을 위해 영웅처럼 헌신한 병영을 다시 보기를 원했다.

병영은 도시 외곽의 평원에 위치해 있었고, 칸푸르 시민들이 피신처로 찾았던 부지에는 교회가 하나 세워져 있었다. 우리는 그곳에 가기 위해서 아름다운 나무들로 그늘이 진 마카담식으로 포장된 길을 지났다.

바로 거기에서 끔찍한 비극이 처음으로 벌어졌었다. 거기에서 먼로 부인과 그녀의 어머니가 머물면서, 고통당했으며, 죽음을 맞이한 것이다. 나나 사히브가 항복조약을 맺어 아무 일 없이 건강하게 알라하바드로 인도하겠다는 약속을 어기고 그의 손아귀 속 희생자들을 잔혹하게 학살한 그때까지 먼로 부인과 그녀의 어머니도 그곳에 있었다.

완공되지 않은 건축물 주위에는 벽돌 벽의 흔적이 남아 있었는데, 휠러 장군의 명령으로 이루어진 방어 작전의 잔해였다.*

먼로 대령은 그 잔해 앞에서 오랫동안 움직이지 않은 채 침묵하고 있었다. 무시무시한 장면이 연출된 현장에서 그의 기억이 더욱 생생하게 떠올랐을 것이다. 먼로 부인이 행복한 시절을 보냈던 방갈로를 방문한 후, 상상할 수 있는 것 이상으로 그녀가 고통받았던 병영으로 향했던 것이다!

이제 비비가르를 방문해야 하는데, 나나 사히브는 감옥으로 사용했고, 우물을 파서 희생자들을 던져 넣어 죽음 속에서 서로 뒤섞이도록 했던 곳이다.

대령이 그쪽을 향해 다가가는 것을 본 뱅크스가 말리기 위해 그의 팔을 붙잡았다.

에드워드 먼로 경은 뱅크스를 정면으로 바라보더니 두려울 정도로 차분한 목소리로 말했다. "걸읍시다!"

"먼로! 제발 그러지 말게!……"

"그렇다면 나 혼자 가겠네." 더 이상 말릴 수가 없었다. 그래

---

* 그 시기에 추모 교회가 완공되었다. 그곳에 있는 대리석 판에는 병사했거나 1857년의 폭동 기간에 죽은 '동보인도철도'의 건설기술자들, 그해 11월 17일 칸푸르 앞에서 벌어진 전투에서 사살된 영국군 32연대의 장교들과 하사관들, 병사들과 러크나우·칸푸르의 포위 공격과 반란 기간에 사망한 32연대 소속 군인들과 스튜어트 비슨 대위 이하 여러 장교들을 기억하며 1857년 7월에 비비가르에서 학살된 희생자들을 추모한다는 문구가 새겨졌다.

서 우리는 나무들이 아름답게 자라 잘 가꾸어진 정원을 지나면 있는 비비가르를 향해 나아갔다.

거기에는 팔각형 모양의 고딕식으로 된 주랑이 서 있었다. 그 주랑이 지금은 입구가 돌로 막힌 우물이 있는 곳을 에워싸고 있었다. 그 돌은 '연민천사'라는 제목의 조각가 마로체티Carlo Marocchetti, 19세기 중반 프랑스에서 명성을 떨친 이탈리아 조각가의 말기 작품들 중 하나인 흰 대리석상을 받치고 있었다.

1857년의 끔찍한 반란 당시 인도의 총독이었던 캐닝 경이 자신의 사비를 털어서까지 이 희생자 기념물을 세우게 했는데, 재능 넘치는 율 대령이 그린 그림을 바탕으로 건축되었다.

바로 이 우물 앞에서 나나 사히브의 백정들에 의해 칼부림을 당한 두 여인, 어머니와 딸은 어쩌면 생존한 채 우물 속으로 내던져졌을 것이다. 에드워드 먼로 경은 눈물을 참지 못했다. 그는 기념물 돌 위에 무릎을 꿇고 쓰러졌다.

그의 곁에서 맥닐 중사 역시 조용히 울고 있었다.

우리 모두 가슴이 찢어지는 것 같았지만, 이 애끊는 고통에 위로할 말을 찾지 못했다. 다만 에드워드 먼로 경이 지금 흘리는 눈물이 마지막이 되기만을 소망했을 뿐이다!

아! 만약 그가 끔찍한 대학살 후에 비비가르와 칸푸르에 가장 먼저 진입한 영국군 군인이었다면, 고통 때문에 죽고 말았을 것이다!

다음은 영국군 장교였던 한 사람이 보고했던 내용을 루슬레 씨가 다시 모아서 이야기한 것이다.

"칸푸르에 들어가자마자, 우리는 가증스러운 나나의 손 안에 있던 가엾은 여인들을 찾기 위해 뛰어다녔지만, 이미 끔찍하게 처형되었다는 것을 알게 되었다. 불쌍한 희생자들은 엄청난 갈증을 참아야 하는 고문을 당했으며 무시무시한 고통을 오랫동안 느껴야 했었는데, 우리로 하여금 기이하고 잔인한 생각을 하도록 했다. 반은 미치고 격분한 우리는 순교의 장소를 향해 뛰어갔다. 이름 없는 유해가 뒤섞여 엉긴 피가 여자들이 감금되어 있었던 작은 방 바닥을 뒤덮고 있었는데, 우리 발목까지 차오를 정도였다. 길고 윤기 나는 머리카락으로 땋은 머리, 치마 조각들, 어린아이용 슬리퍼, 장난감 등이 피로 젖은 바닥에 잔뜩 널려 있었다. 피로 얼룩진 벽들이 소름 끼치는 죽음의 흔적들을 간직하고 있었다. 나는 작은 기도책 하나를 발견했는데, 첫 페이지에 다음과 같이 가슴 뭉클한 내용이 적혀 있었다. '6월 27일, 배에서 내리다. …… 7월 7일, 나나의 포로들…… 운명의 날.' 하지만 우리에게 두려움을 준 것이 단지 그곳만은 아니었다. 더욱 끔찍한 것은 좁고 깊은 우물 속이었는데, 거기에는 연약한 인간들의 몸이 잘린 채 쌓여 있었다! ……"

하브록 장군의 병사들이 처음 이 도시를 점령했을 때, 에드워드 먼로 경은 그곳에 없었다! 그는 가증스러운 살육이 일어난

지 이틀 후에야 도착했다! 그리고 지금, 그는 나나 사히브가 죽인 희생자 200명의 이름 없는 묘지인 죽음의 우물로 통하는 유적이 눈앞에 있음에도 불구하고 그것을 볼 수가 없었다!

이번에는 뱅크스가 중사를 도와 대령을 억지로 끌어갔다.

먼로 대령은 하브록의 병사 중 한 명이 우물의 테두리 돌에 총검으로 새긴 두 단어를 결코 잊을 수 없을 것이다. "칸푸르를 기억하라!"

옮긴이 해제

경이의 여행작가, 쥘 베른

쥘 베른Jules Verne, 1828~1905은 1828년 2월 8일 프랑스 낭트에서 변호사였던 아버지 피에르 베른Pierre Verne과 어머니 소피 알로트 드 라 퓌에Sophie Allotte de La Fuyё의 장남으로 태어났다. 베른 집안은 대대로 법관을 배출한 법률가 가문이었고, 외가는 지방의 명문 집안으로서 해운업과 무역업에 종사하는 유복한 가문이었다. 또 베른이 태어난 낭트는 프랑스 혁명기의 내란과 동인도회사 폐지 등으로 이전의 활기는 잃었지만, 이국 정서가 가득한 항구도시로서 여전히 번영의 흔적을 가지고 있었다. 이런 환경은 쥘 베른으로 하여금 자연스럽게 바다와 이국에 대한 호기심을 안고 성장하게 했고, 후에 세상을 떠들썩하게 한 수많은 모험여행 소설들을 집필하는 밑거름이 된 것으로 보인다.

어린 시절에 상상력이 풍부했던 쥘 베른이었지만, 집안의 전통과 아버지의 뜻에 따라 법률 공부를 시작한다. 1848년 파리로 진출한 그는 법률 공부를 이어나가 법학사 학위를 받지만, 어린 시절부터 관심을 가졌던 문학에서 진정한 자신의 열정을 발견한다. 알렉상드르 뒤마Alexandre Dumas와 친분을 쌓게 된 쥘 베른은 1850년 알렉상드르 뒤마의 '역사극장'Théâtre-Historique에서 희곡『부서진 지푸라기』*Les Pailles rompues*를 상연해 성황리에 공연을 마치게 된다.『삼총사』,『몬테크리스토 백작』으로 유명한 작가 뒤마는 연극계의 거물로서 자신이 운영하는 극장까지 소유했던 문학가였다. 베른은 이후 문학가의 길을 걷기로 결심하고, 30대 초반이 될 때까지 중편소설이나 희곡을 집필하는 동시에, 국립도서관을 드나들면서 과학서, 여행기 등을 탐독했다. 그때 읽었던 에드거 앨런 포Edgar Allan Poe의 환상문학들이 쥘 베른이 쓰게 될 작품들에 많은 영향을 미쳤다. 이 기간이 바로 이후 등장하게 되는 '경이의 여행'Voyages extraordinaires 시리즈를 준비하는 수련기였던 셈이다.

1857년 1월 쥘 베른은 오노린 드 비안Honorine de Viane이라는 이미 두 딸을 둔 과부와 결혼하여, 1861년에는 아들 미셸 베른Michel Verne을 얻는다. 결혼 후, 생계를 이어가기 위해 잠시 증권거래소에서 일하기도 했지만, 베른은 계속해서 글쓰기를 이어나갔고『기구를 타고 5주간』*Cinq Semaines en ballon*이라는 그의 첫 소설을 썼다. 이 작품은 기구를 타고 아프리카를 탐험하는 이야기를 담고 있는데, 당시 사람들의 관심을 불러일으키는 주제이기도 했다. 그러나 베른의 소설은 출판사의 문전박대를 당하고 있었다. 그러던 중, 1862년 피에르-쥘 에첼Pierre-Jules Hetzel이라는 출판업자를 만나게 되어, 의기투합을 하게 된다. 에첼은 사회적인 명성을 지닌 의식 있는 사람으로서, 아동도서 출판에 힘을 쏟았던 당시로서는 보기 드문 인물이었다. 프랑스 대혁명으로 누구나 교육을 받을 권리가 있음을 공표한 프랑스에서 당시까지도 교회가 아동 교육을 지배하고 있음을 개탄한 에첼은 교회 교육에서는 무시되고 있었던 유용한 과학 지식을 알기 쉽게 풀어 소개하는 서적을 출판하려는 계획을 가지고 있었다. 그의 계획은 『교육과 오락』*Magazin d'éducation et de récréation*이라는 청소년 잡지의 창간을 통해 구체적인 실현단계로 접어들던 중이었고, 그때 쥘 베른을 만난 것이다. 에첼의 입장에서는 훌륭한 집필자를 만난 사건이었고, 베른에게 있어서는 자신의 재능을 장기적으로 마음껏 펼칠 수 있는 출판사를 등에 업게 된 셈이었다.

1863년, 드디어 『기구를 타고 5주간』이 출간되었고, 이 소설은 '경이의 여행' 시리즈의 첫 작품이 되었다. 첫 소설의 출판과 함께 엄청난 성공을 거둔 쥘 베른은, 이후 62권으로 이루어진 '경이의 여행' 시리즈를 세상에 선보이게 된다. 1864년 에첼 출판사와 20년 동안 매해 2편의 작품을 출간하기로 계약을 맺은 쥘 베른은 이후 끊임없이 새로운 모험(과학, 여행)소설을 선보인다. 또한 『교육과 오락』지의 공동편집장으로서 자신의 많은 작품을 이 잡지에 연재시킨 뒤 에첼 출판사에서 단행본으로 간행케 했다.

베른은 글쓰기를 이어나가는 동시에, 그 자신이 유럽의 여러 나라들을 여행했다. 영국, 스코틀랜드, 스칸디나비아 반도 등을 여행했는데, 이러한 여행을 통해 글쓰기 주제를 새롭게 발견해 내곤 했다. 1865년부터는 항해를 즐겼고, 이후 세 척의 배를 사 들여 북해와 지중해를 오랫동안 여행하기도 했다. 그는 글감을 결정하면, 이어서 당시 진일보하던 과학적 토대를 연구하고 상상하여 잠수함, 잠수용 수중호흡기, 텔레비전, 우주여행과 같은 놀라운 것들을 고안해 내었다. 계속해서 출간된 '경이의 여행' 시리즈는 바로 이런 과정을 거쳐 탄생하게 된 것이다. 『지구 속 여행』*Voyage au centre de la Terre*, 1864, 『지구에서 달까지』*De la Terre à la Lune*, 1865, 『해저 2만리』*Vingt mille lieues sous les mers*, 1870 등의 작품들을 통해 작가는 미래의 발전상을 예견하고 있다. 이런 작품들이 탄생할 수 있었던 배경에는 당시의 과학기술의 발전을 들 수 있다. 특히 19세기 후반에는 전기를 중심으로 온갖 발명과 발견이 이어졌고, 철도와 기선이 발전했으며, 파리와 런던에서는 세계박람회를 개최하여 최신 과학기술을 전 세계에 알리는 시기였다.

과학의 발전을 상상한 내용을 담고 있는 '경이의 여행'시리즈는 또한 지리학·천문학·동물학·식물학·고생물학 등 많은 지식이 들어 있는 백과사전과 같은 특징도 지니고 있다. 『80일간의 세계일주』*Le Tour du monde en 80 jours*, 1873, 『15소년 표류기』

Deux ans de vacances, 1888와 같은 작품은 작가의 상상의 세계를 공간적으로 확대시키는 한편, 다양한 분야의 지식을 전달하는 대표적인 작품이라고 할 수 있다. 이와 같이 '경이의 여행'은 인간이 아직 발을 들여놓지 않은 미지의 세계, 망망대해에 홀로 있는 무인도로의 여행을 비롯해, 지구의 중심으로 들어간다거나, 공중으로 떠오른다거나, 바다 밑바닥으로 내려간다거나, 대기권을 뚫고 달세계로 간다는 등 작가의 웅장한 상상력을 보여 주는 모험 여행이다.

1870년에 있었던 보불전쟁과 이어진 '파리코뮌'이라는 혁명을 겪은 후, 베른은 파리를 떠나 아내의 고향인 아미앵으로 이주하여 세상을 뜰 때까지 그곳에 거주한다. 아미앵에 살면서 집필하여 연재한 사실적이고 흥미진진한 『80일간의 세계일주』는 베른을 프랑스에서뿐 아니라 전 유럽과 미국에서까지 유명한 작가로 알리는 계기가 되었다. 지금까지도 베른의 작품들 중에서 가장 잘 알려져 있는 것 중 하나인 『80일간의 세계일주』는 필리어스 포그라는 독신 남자가 주인공인데, 기계처럼 정확한 생활을 하던 그가 우연한 기회에 80일 내로 세계일주를 하고 돌아온다는 내기를 걸게 된다. 이윽고 세계일주에 나선 주인공이 증기선·철로·자동차·요트·상선·코끼리 등 온갖 운송 수단을 모두 동원해 79일 만에 여행을 마치고 성공적으로 집으로 되돌아온다는 내용이다. 이 작품은 본래 의미의 여행기로서는 다소 빈약한 양상을 보이는 것이 사실이지만, 당대의 과학정신을 대변하는 주인공의 '기계와 같은 성격'을 통해 객관적이고 정확한 사고방식을 면밀하게 묘사하고 있다는 점에서는 과학소설로서의 면모를 유감없이 발휘하고 있다. 이는 한 사람의 상상력이 그 시대를 풍미하는 사상이나 세계관에 크게 영향을 받음을 여실히 보여 주고 있음을 의미한다. 즉 쥘 베른은 그의 시대가 품은 희망의 원동력인 과학정신을 자신의 많은 과학소설을 통해 옹호하고 전파하는 역할을 수행했다고 볼 수 있다.

이와 같은 집필 활동에 대한 열정과 대단한 대중적 인기에도 불구하고, 쥘 베른은 만년에 가까울수록 점차 염세적이고 회의적인 관점의 작품들을 선보인다. 특히 1886년 그의 문학적 동반자라고 할 수 있는 에첼의 죽음은 베른에게 깊은 슬픔을 안겨주었고, 이후의 작품들에서는 긍정적이며 밝은 인물들이 사라지게 된다. 사회적으로는 크게 성공하여, 레종 도뇌르 훈장을 받는 영예를 얻었으며, 아미앵 시의회 의원에 당선되어 연극관련 업무를 관장하기도 했다. 지병인 당뇨를 앓는 가운데서도, 창작에 대한 정열은 식지 않아 꾸준하게 새로운 작품들을 발표했다. 그러던 중 1905년에 당뇨병 악화로 세상을 떠났다.

상당히 오랜 기간 동안 쥘 베른은 아동이나 청소년을 위한 환타지 소설, 혹은 모험 소설을 쓴 작가로 알려져 있었다. 비단 우리나라에서뿐 아니라, 프랑스를 위시한 외국에서도 마찬가지였다. 위에서 살펴 본 바와 같이, 베른의 성공은 아동도서를 전문적으로 출판하던 에첼과의 만남을 통해서 이루어졌기 때문이며, 아동이나 청소년을 겨냥한 작품을 집필하기도 했기 때문이다. 그러나 최근 들어 쥘 베른의 작품을 새로운 시각에서 접근하여 연구하는 경향이 생겨나고 있다. 그가 낙관적으로만 예견했던 수많은 기술문명에 대한 재고가 이루어지고 있는데, 나쁜 결과까지도 감내하면서 20세기를 살아 온 인류에게는 이제 과학기술에 대한 새로운 인식이 필요해졌다. 그리하여 쥘 베른이 보여 주는 19세기식 사유에 대한 다각도의 고찰을 통해, 끊임없이 발전하는 과학기술 앞에서 나쁜 결과들을 피해 갈 수 있는 방향을 모색할 수 있기 때문이다.

『쥘 베른의 갠지스 강』

『쥘 베른의 갠지스 강』*Le Gange*은 '경이의 여행' 시리즈로 지금도 전 세계 독자들의 사랑을 받고 있는 쥘 베른이 쓴 모험여행소설이다.

　인도 문명의 젖줄인 갠지스 강을 중심으로 이야기가 전개되는 이 작품은, 유럽인들로 구성된 주인공들이 '강철거인'이라고 불리는 코끼리 형상을 한 증기기관차를 타고 북인도를 향해 여행하는 내용을 담고 있다. 캘커타에서 시작된 여행은 갠지스 강을 따라 비하르, 바라나시, 알라하바드 등을 거치는데, 이 도시들은 힌두교 순례지들로서 순례의 발길이 끊이지 않는 성스러운 곳이다.

작품 속 인물이자 화자는 이 여행에 우연히 동참하게 된 프랑스인 모클레이고, '강철거인'을 제작한 엔지니어 뱅크스, 먼로 대령, 그리고 호드 대위 등이 주요 인물들이며 이들은 인도를 지배하는 영국인들이다. 모클레는 인도 문물을 자세히 체험하고자 하는 의도로 이 여행에 참여한다. 그래서 '강철거인'이 휴식을 취하거나 야영을 할 때마다 방문할 만한 장소와 문화 유적지를 찾아 나서곤 한다. 이때 모클레에게 있어서 엔지니어인 뱅크스는 훌륭한 여행 안내인이자 친구이며, 사냥을 위해 여행에 참여하게 된 퇴역군인 호드 대위는 동행인이 되어 그들과 함께 인도의 유적지들을 탐험한다.

모클레에게 수많은 종교와 신들이 존재하는 인도를 여행한다는 것은 다양한 종교 유적지를 방문할 수 있는 절호의 기회이기도 하다. 그는 유적지들을 방문함으로써 석가모니나 비슈누·브라마 등의 신들에 대해 알아가게 되고, 순례자들이 행하는 예배의식들을 가까이에서 관찰하기도 한다. 이와 같이 이 책은 모클레라는 유럽인의 시각을 통해 인도 여행기를 흥미진진하게 그리고 있다. 쥘 베른은 인도에 한 번도 가보지 못했음에도 불구하고, 이야기는 많은 연구와 고증을 통해 현실감 있게 사실적으로 전개된다. 공중으로 떠올라 탐험을 펼치는 『기구를 타고 5

주간』, 망망대해에 떠 있는 무인도로의 여행을 이야기하는 『15 소년 표류기』, 지구의 중심으로 들어가는 『지구 속 여행』, 바다 밑바닥으로 내려가는 『해저 2만리』 등으로 대표되는 쥘 베른의 '경이의 여행' 시리즈와 견주어 결코 뒤지지 않는 상상력을 바탕으로 한 모험소설의 면모를 보여 주는 작품이다.

한편, 『갠지스 강』은 단순한 여행문학의 묘미를 뛰어넘어 19세기 당시 식민지 인도의 상황을 생생하게 재현하고 있다. 먼로 대령이 세포이 항쟁으로 사랑하는 아내를 잃게 됨으로써 복수를 꿈꾸는 이야기가 모클레의 여행기와 나란하게 전개되기 때문이다. 세포이 항쟁은 영국 동인도회사에 고용된 인도인 병사들(세포이들)이 영국의 인도 지배에 저항하여 일으킨 반란으로서 1857년부터 1858년까지 이어졌었다. 또 실존 인물인 나나 사히브는 인도의 마하라슈트라 왕국의 왕자로서 세포이 항쟁을 이끈 인물인데, 텍스트 속 인물인 먼로 대령은 바로 이 인물을 찾아 복수하기 위해 여행을 하고 있다. 그의 머릿속은 "나나 사히브를 처벌하고 싶은 갈망과 복수심으로 가득 차 있었다". 호랑이 사냥만이 유일한 목표였던 호드 대위는 먼로 대령의 이런 의도를 알게 된 후, 대령에게 충성스러운 모습을 보이면서 "맹수를 잡는 대신, 잔악한 무리를 사냥하겠다!"고 외친다. 그리하여 모클레를 비롯한 모든 일행은 인도 북부를 향한 여행 중, 갑작스럽게 영국인들이 대학살을 당한 칸푸르라는 도시에 함께 도착하고, 그 잔혹함을 목도한다. 그리고 먼로 대령의 아내와 200여 명의 유럽인들이 학살당한 칸푸르라는 도시의 추모 장소를 방문한 '강철거인' 일행들이 '칸푸르를 기억하라'는 문구를 바라보는 것으로 소설은 끝을 맺는다.

일련의 상황 속에서 화자 모클레는 영국의 식민정책과 인도의 현실, 그리고 인도 문명에 대해 균형감 있는 시선을 제공하려는 노력을 기울인다. 그럼에도 불구하고 그는 먼로 대령의 복수심에 대해 더 많이 이해하고 공감하는 모습을 보인다. 식민 지배를 받고 있던 인도인들의 고통을 살피기보다는, 세포이 항쟁으로 인해 상처받은 영혼을 위로하는 양상이다. 유럽인으로서 미개지에 문명을 가져다주는 식민지 지배에 대한 비판 의식을 지니지는 못하고 있음을 알 수 있다. 과학기술이나 산업의 발달에 대한 상상력을 유감없이 발휘하던 쥘 베른 역시 오리엔탈리즘으로부터 자유로울 수는 없었던 것 같다. 이 소설이 쓰여지던 19세기 후반, 제국주의적 식민 지배를 자연스러운 현상으로 여겼던 유럽인들의 사고를 고려해 본다면 쥘 베른의 이러한 시각은 어쩌면 당연한 것이리라.

또한 이 작품 속에서 주인공들과 이야기를 이끌어 가는 원동력이 되는 코끼리는 힌두교에서 매우 신령한 동물로서 숭배의 대상이다. 텍스트에는 코끼리 행렬이 지나가는 곳마다 그것을 숨죽이고 바라보는 인도사람들, 그 앞에서 절하는 사람들, 코끼리에 깔려 죽는 것을 영광스럽게 여겨 순례의 길에 올랐던 사람들이 길 한복판에 누워 움직이지 않는 장면 등이 묘사되어 있다. 당시의 과학기술로는 불가능할 것 같은 강철로 만들어진 코끼리 증기기관은 길을 걸어다닐 수도 있으며, 물속을 헤엄칠 수도 있는 놀라운 기계이다. 인도에서 코끼리 형상으로 증기기관을 만들어 여행을 떠난다는 것이 얼마나 흥미로운 발상인지를 알게 해주며, 작가인 쥘 베른의 번득이는 상상력이 독자들의 이해를 높이는 동시에 읽는 재미를 선사하는 대목들이다.

한편 과학의 발전과 더불어 작가가 지니고 있던 기존의 지식과 그럴듯한 추론을 적용한 '강철거인'에 대한 상세한 묘사를 통해 독자들은 미래세계를 미리 맛볼 수 있다. 또 힌두교에서 예로부터 숭배의 대상이었던 코끼리가 과학기술의 발전과 절묘하게 조우하여 이중적인 의미를 지니게 된다. 쥘 베른은 과학의 발전을 신과 같이 소중하게 여겨 결국 많은 것을 희생해야 했던 20세기의 모습을 미리 예견이라도 한 듯하다.

소설은 이와 같이 식민 지배자 영국인들과 식민통치에 반발하는 인도인들 간의 대립과 반란을 그리고 있는 동시에, 양립할 수 없는 두 세계가 충돌하는 모습들을 여실히 보여 준다. 갠지스 강을 중심으로 세워진 신령한 도시들을 순례하는 힌두교도들의 행동 속에 나타나는 광신적인 모습들은, 작품 속 영국인들이 과학기술에 모든 것을 걸고 종교에는 아무런 관심을 두지 않는 모습과 대조적이다. 이런 도식적인 대립과 대조는 서양의 앞선 과학기술을 상징하는 '강철거인'을 우상으로 대하는 힌두교도들의 종교적 열정을 통해 드러난다. 인도인들에게는 신이 기적을 베푼 것 같은 거대하고 놀라운 코끼리-기계가, 모클레를 비롯한 서양인들의 눈에는 단순히 강철로 만든 증기기관으로서 인류가 이룩한 과학기술의 발전을 증명해 줄 뿐이다. 결국 초자연적이고 미신적인 부분에 많은 부분을 내주는 세계와 그런 세계를 비웃고 조롱하는 이성적이고 세속적인 세계가 서로 충돌하는 양상이다. 그리고 앞으로도 이 두 세계가 서로 조화나 화해를 이루지 못할 것이라는 시각이 나나 사히브에 대한 먼로 대령의 복수심을 통해 나타난다.

아무튼 이 작품은 상상력의 측면에서, 사회·역사적 시각에서 등 다양하게 해석될 수 있는 가능성을 열어 놓고 있다. 또한 쥘 베른의 다른 작품들과 마찬가지로 현대 과학문물에 대한 뛰어난 영감을 제시하는 동시에 작가가 살고 있던 당대의 인도를 소개하는 의의도 지니는 훌륭한 모험여행 소설이다.

마지막으로 이 책은 쥘 베른이 1879년 세상에 내놓은 『스팀하우스』 *La Maison à vapeur*라는 장편소설의 일부를 발췌한 작품이라는 점을 덧붙인다. '작가가 사랑한 도시' 시리즈의 발간에 맞추어 인도 여행기와 관련된 부분을 발췌한 것이다. 주인공들의 인도 여행과 모험, 그리고 영국과 인도를 대표하는 먼로 대령과 나나 사히브의 대립이 더욱 풍요롭게, 또 다각도로 전개되는 『스팀하우스』의 전문이 번역되어, 한국 독자들이 쥘 베른의 또 다른 작품세계를 새롭게 발견할 수 있는 즐거움을 누릴 수 있기를 바란다.

쥘 베른 연보

1828 2월 8일, 프랑스 북서부의 항구도시인 낭트의 페이도 섬에서 태어나다. 낭트는 예로부터 해외무역 기지로 발달한 도시로, 쥘 베른의 외가는 지방의 명문 귀족가문이자 일찍부터 낭트에서 해운업과 무역업에 종사하고 있었다. 베른 집안은 대대로 법관을 배출한 법률가 가문이었다.

1839 동갑내기 사촌누이 카롤린에게 연정을 품은 열한 살의 소년 쥘 베른은 그녀에게 선물할 산호목걸이를 구하려고 인도로 가는 원양선에 몰래 탔다가 루아르 강 하구에서 아버지에게 붙잡혀 호된 꾸지람을 들었다. 그때 이후로 "앞으로는 꿈속에서만 여행하겠다"고 맹세했다고 한다.

1848 법률을 공부하기 위해 파리로 나온다. 이때 샤토브리앙의 누나와 결혼한 삼촌의 소개로 문학 살롱에 드나들면서, 알렉상드르 뒤마와 교분을 쌓는다. 대중소설 작가로서도 유명했지만, 무엇보다 연극계의 거물이었던 뒤마의 영향을 받아 베른도 희곡 등의 집필에 몰두하게 된다.

1850 뒤마의 '역사극장'에서 희곡 『부서진 지푸라기』를 성황리에 공연하다.

1857 두 아이가 딸린 젊은 과부 오노린과 결혼하다(베른은 이 결혼 생활에 대해 언급한 바가 거의 없고, 그의 작품을 보아도 독신 남자가 압도적으로 많고 여성인물들은 모두 보조적인 역할에 머물러 있어 실제로는 여성과 결혼 생활을 혐오한 것이 아닌가 하는 해석도 있다). 결혼을 하면서 '생계를 위해' 증권거래소 에 취직한다.

1861 아들 미셸 베른이 태어나다.

1862 피에르 쥘 에첼과 만나 의기투합한다. 에첼의 잡지『교육과 오락』에 헌신하면서, 첫 소설『기구를 타고 5주간』을 쓰기 시작한다.

1863 『기구를 타고 5주간』을 출간하다. 이 작품의 엄청난 성공으 로 에첼 출판사와 20년 장기계약을 맺는다. 이후 62권에 달 하는 '경이의 여행' 시리즈는『교육과 오락』 등의 매체에 연 재된 후, 단행본으로 간행되고, 다시 삽화를 넣은 호화장정 본으로 재출간된다(이 장정본은 지금도 많은 고서애호가들의 수집 대상이다).

1869 『해저 2만리』를 발표한다.

1872 보불전쟁과 파리코뮌 등으로 불안정해진 파리를 떠나 아내 의 고향인 아미앵으로 이주한다. 이 무렵 베른은 세계적인 명성을 얻고, 내놓는 책마다 베스트셀러가 되어 연극으로 공 연된다.

1886 정신장애를 가진 조카의 병에 맞아 부상을 입다. 일주일 뒤
      에는 그의 문학적 아버지라 할 에첼이 여행지 몬테카를로에
      서 사망한다. 베른은 깊은 우울증에 빠져 몇 년 전부터 보이
      던 염세주의가 강해진다.

1888 아미앵 시의회 의원에 당선되다. 하지만 사생활에서는 인간
      혐오증이 심해져서, 사교적인 아내가 아무리 부탁해도 좀처
      럼 사람을 만나지 않게 된다. 다만 창작에 대한 열정만은 잃
      지 않아, 백내장으로 말미암은 시력 저하와 싸우면서도 규칙
      적인 집필 생활을 계속하다.

1905 지병인 당뇨병 악화. 3월 24일, 가족이 지켜보는 가운데 향년
      77세로 숨을 거둔다. 그의 장례식에는 수많은 사람들이 모
      여들었고, 전세계에서 조사(弔詞)가 밀려들었다고 한다.

작가가 사랑한 도시 시리즈

100년 전 도시에서 만나는 작가들의 특별한 여행 그리고 문학!!

01 플로베르의 나일 강 귀스타브 플로베르 지음, 이재룡 옮김

스물여덟 살의 플로베르가 돛단배로 떠난 넉 달간의 나일 강 여행! 편지로 어머니에게는 나태와 노곤함을, 친구에게는 동방의 에로틱한 밤을 전한다. 훗날 『보바리 부인』에 재현될 멜랑콜리와 권태의 원천이 되는 감각적인 기행문!!

02 뒤마의 볼가 강 알렉상드르 뒤마 지음, 김경란 옮김

1858년, 대문호 알렉상드르 뒤마가 러시아의 변경 볼가 강 유역을 방문한다. 당대 최고의 여행가의 펜 끝에서 펼쳐지는 칭기즈칸의 후예 칼미크족의 유목 생활과 풍습 그리고 그들의 왕성에서 열린 축제까지, 말 그대로 여행문학의 향연이 펼쳐진다!!

03 쥘 베른의 갠지스 강 쥘 베른 지음, 이가야 옮김

코끼리 모양의 증기 기관차를 타고 힌두스탄 정글을 가로지르는 영국군 퇴역대령과 프랑스인 친구들. 성스러운 갠지스 강 순례 도시들의 유적과 힌두교도들의 풍습이 당대를 떠들썩하게 한 세포이 항쟁의 정황과 함께 어우러진 독특한 모험소설!!

04 잭 런던의 클론다이크 강 잭 런던 지음, 남경태 옮김

알래스카 남쪽 클론다이크 강 유역에 금을 찾아 모여든 인간들. 차디찬 설원의 밤, 사금꾼들의 숙박소로 의문의 남자가 피를 흘리며 찾아든다. 야성의 본능만이 투쟁하는 대자연에서 전개되는 어긋난 사랑과 파멸. 섬뜩하면서도 매혹적인 독특한 여행소설!!

05 모파상의 시칠리아 기 드 모파상 지음, 어순아 옮김

프랑스 문단의 총아 모파상은 우울증이 심해질 때마다 여행을 떠난다. 시칠리아에 도달한 그가 마주한 것은…… 고대 그리스 신전과 중세의 고딕 성당, 화산섬 특유의 용암 풍광 등 자연과 예술이 하나 된 곳, 모더니티의 유럽인들이 상실해 가는 지고의 아름다움이었다.

06 뮈세의 베네치아 알프레드 드 뮈세 지음, 이찬규·이주현 옮김

베네치아를 무대로 천재화가이자 도박자 티치아넬로와 베일에 싸인 연인 베아트리체가 벌이는 사랑의 사태와 예술적 영혼에 관한 성찰! 낭만주의 시인 뮈세와 소설가 조르주 상드의 "빛나는 죄악" 같은 사랑에서 탄생한 한 폭의 바람 세찬 풍경 같은 예술소설!!

07 에드몽 아부의 오리엔트 특급 에드몽 아부 지음, 박아르마 옮김

1883년 10월 4일, 당대 최고의 여행작가 에드몽 아부가 국제침대차회사의 초대로 오리엔트 특급 개통기념 특별열차에 탑승한다. 최신식 침대차의 호화로움과 파리에서 터키 이스탄불 사이의 여정이 상세하면서도 역동적으로 묘사된 여행 에세이의 백미!!

08 폴 아당의 리우데자네이루 폴 아당 지음, 이승신 옮김

19세기에 이미 전기 설비가 완성된 '빛의 도시' 리우. 폴 아당은 놀라운 속도로 개발되는 도시 외관과 아름다운 자연에 눈을 빼앗기면서도, 브라질 사람들의 순박하면서도 아름다운 생활상을 발견해 내는 아나키스트 작가의 면모를 숨김 없이 보여 준다.

09 라울 파방의 제1회 아테네 올림픽 라울 파방 지음, 이종민 옮김

제1회 올림픽이 열린 아테네에 『주르날 드 데바』지의 특파원 라울 파방이 도착한다. 기자다운 정확성으로 생생히 재현되는 IOC 창설 과정, 근대 올림픽 개최를 둘러싼 갈등, 각종 경기장들의 건립 상황 등 올림픽 뒤 숨겨진 이야기들!!

10 라마르틴의 예루살렘 알퐁스 드 라마르틴 지음, 최인경 옮김

'평화의 도시' 예루살렘. 유대교와 기독교, 이슬람교가 각축한 복잡한 역사를 고스란히 담고 있는 이 성소로 낭만주의 시인 라마르틴이 병든 딸과 여행을 떠난다. 시인의 내면 깊이 간직된 신앙심과 자연에 대한 애정이 이 도시를 바라보는 시선에 그대로 배어 있다.

*〈작가가 사랑한 도시〉 시리즈는 계속됩니다!

지은이 쥘 베른(Jules Verne)
1828년 프랑스 대서양 무역의 중심지 낭트에서 태어났다. 법률가 가문에서 태어난 그는 파리에서 법률 공부를 해 법학사 학위를 받지만, 문학가의 길을 걷기로 결심한다. 20대의 수련기를 거친 후, 1863년 출판된 『기구를 타고 5주간』이라는 탐험소설이 대성공을 거둔다. 이후 전 세계적으로 잘 알려진 『해저 2만리』, 『15소년 표류기』, 『지구 속 여행』, 『80일간의 세계일주』 등 '경이의 여행' 시리즈가 출간되면서 인기 작가가 된다. 1905년 지병인 당뇨병이 악화되어 세상을 떠날 때까지 80편이 넘는 장편소설을 썼으며, 연령을 초월하여 전 세계에서 가장 사랑받는 작가 중 한 명이 되었다.

옮긴이 이가야
성균관대학교 불어불문학과를 졸업했으며, 프랑스 파리 8대학교에서 비교문학 전공(20세기 소설)으로 석사 및 박사학위를 취득했다. 프랑스 문학과 한국 문학의 가교 역할을 수행하기 위해 다수의 논문을 발표했으며, 현재(2010년 7월) 성균관대 프랑스어문학과 연구교수로 있다.